Ça va aller, tu vas voir

DU MÊME AUTEUR

Le salut viendra de la mer, Quidam éditeur, 2017

CHRÌSTOS IKONÒMOU

Ça va aller, tu vas voir

Traduit du grec et postfacé par Michel Volkovitch

QUIDAM ÉDITEUR • LES NOMADES

Titre original : Κάτι θίνει, θα δεις

Ça va aller, tu vas voir

Première édition

978-2-37491-426-8 / ISSN : 3000-4578
Dépôt légal : juin 2025

www.quidamediteur.com
Diffusion-distribution : Harmonia Mundi *livre*

Conception graphique de couverture : Hugues Vollant
Mise en pages : Atlant' Communication
Le logo est signé Moebius

Èlli fais quelque chose, nourris le cochon rose

Elle nettoie la salade. Vingt euros pour tenir la semaine et les factures en tas sur le meuble dans la cuisine. Mais on est vendredi soir, le meilleur moment de la semaine, et Èlli Dràkou nettoie dans l'évier des salades qu'elle aime beaucoup parce qu'elles ont le cœur très tendre et blanc. Elle détache les feuilles une par une et les met sous l'eau les lave soigneusement les caresse coupe les extrémités noircies ou marquées de petits trous bruns les secoue doucement pour les égoutter puis les pose dans la bassine.

Elle adore nettoyer la salade. Détacher les grandes feuilles vertes et les laver chacune séparément. En avançant vers l'intérieur elle arrive aux feuilles tendres moins vertes, celles qui resplendissent comme si le temps ne les touchait pas. C'est comme de déballer lentement soigneusement plein d'espoir un cadeau enveloppé dans plusieurs papiers verts. Puis elle arrive au cœur de la salade et son cœur à elle gonfle dès qu'elle aperçoit les petites feuilles fraîches, les petites feuilles blanches craquantes – le cœur de la salade, petit miracle, secret bien caché, conservé à l'abri du temps et de l'usure du temps. Elle aime se dire que malgré ce qui s'est passé la veille, malgré tout l'argent perdu la nuit dernière, malgré tout ce qui peut se passer le lendemain et les jours suivants, malgré tous les Sotìris qui traverseront sa vie en soldats conquérants ou en immigrés pourchassés, le cœur de la salade, le fond du cœur de la salade, le fond du cœur qui tremble à présent dans ses mains mouillées va rester à jamais blanc et tendre et vivant, comme si c'était l'unique chose en ce monde l'unique chose qui ne meurt pas, qui ne va jamais mourir.

Il a plu, ça s'est calmé, bientôt ça va reprendre. Elle regarde par la fenêtre. Au loin à l'ouest tout est rouge – l'air, le ciel, les nuages. Elle dit, ce soir il va pleuvoir du sang, et elle frissonne. Elle quitte des yeux la fenêtre et regarde le cœur de la salade qui semble palpiter dans ses mains – ce n'est pas le cœur de la salade qui palpite, elle a les mains qui tremblent – et ce qu'elle voit sombre en elle comme le sourire du chômeur, de l'homme licencié.

*

Salades, dit Èlli. Toute la vérité de la vie se cache dans les salades. C'est vrai, non ?

*

Elle seule nourrissait le cochon rose. Depuis dix mois un an. Elle le nourrissait un jour sur deux, parfois tous les jours. Un euro ou deux ou cinq. Quelquefois elle oubliait. Elle oubliait quand elle faisait des heures supplémentaires et rentrait tellement crevée qu'elle n'avait même plus la force de parler. Mais Sotìris n'oubliait pas. Il descendait le cochon rose du meuble de la cuisine – gros et lourd avec une fente sur le dos pour les pièces et un trou dans le museau pour les billets – et l'agitait devant le visage d'Èlli.

Grat grat. Le cochon a faim. Le cochon meurt de faim. Grat grat. Èlli, fais quelque chose, nourris le cochon rose. Tu n'as pas pitié de lui, le pauvre ? Grat grat.

Èlli riait. Malgré toute sa fatigue elle riait. Elle ouvrait son porte-monnaie en sortait un ou deux euros les glissait dans la fente noire et le vendredi soir elle sortait de son porte-monnaie un billet de cinq euros dont elle faisait un petit rouleau qu'elle poussait dans le museau du cochon.

Ils avaient dû ramasser huit cents euros. Neuf cents maximum.

Pourquoi tu le laisses à jeun, lui demandait-elle quelquefois. Pourquoi tu ne le nourris pas quelquefois, c'est à moi seule de le faire ?

Blondin. Elle aimait l'appeler Blondin parce que tout chez lui était blond comme les blés. Cheveux blonds, peau blonde, même ses yeux étaient blonds. Blondin couleur halva. Je veux te manger. Tu restes couché sans bouger et moi je te mange bouchée par bouchée toute la soirée. Le lendemain matin tu es de nouveau complet et je te remange.

Blondin. Couleur halva.

Il avait dit, comme tu veux, je veux bien te faire plaisir. Du moment que tu ne m'appelles pas Bel aryen blond, là ça irait mal.

Il montrait ses mains qui tenaient le cochon rose.

Il ne mange pas dans mes mains, disait-il. Tu l'as bien élevé. C'est un cochon raffiné qui n'aime pas la saleté.

Il travaillait dans une station-service de la rue Thivon et ses mains étaient toujours sales. La saleté en croissants noirs sous ses ongles. Croissants noirs, petits yatagans noirs.

*

Elle lave la dernière feuille, la met dans la bassine et pousse la bassine de côté pour plus tard. Plus tard elle fera peut-être une salade avec beaucoup d'aneth et d'oignon blanc ou elle mettra du riz froid et un peu de thon, de celui qu'une fille sympa lui a donné au boulot, du thon d'Alònissos en bocal, qu'elle mange depuis un mois miette par miette comme une avare – Sotìris n'a pas aimé, ça sentait le poisson.

Les factures sur le meuble de la cuisine, l'une sur l'autre en tas. Au-dessus la facture du téléphone, échéance il y a dix jours, hier on lui a coupé le téléphone.

Elle ouvre le frigo et cherche du sucré. Son tremblement a repris. Hypoglycémie sûrement. Des chocolats. Elle se souvient encore des chocolats qu'on lui avait apportés de France. Tu as vu ce que ça fait d'avoir un homme bien, disait Sotìris. Tu as vu. Tout le monde pense à toi et te rapporte quelque chose. Ils en mangeaient un chaque soir. Un seul, ce n'était pas une grosse boîte. La marque venait disait-on du nom d'une reine d'une princesse qui vivait en Angleterre dans le temps et qui un jour avait prié son mari de supprimer les impôts des pauvres et il avait accepté en échange de quoi la reine devait monter nue sur un cheval et passer nue dans les rues de la ville et elle était d'accord à condition que tout le monde s'enferme chez soi pour ne pas la voir et elle était passée à cheval nue dans les rues de la ville cachant sa nudité sous ses longs cheveux et tous étaient restés enfermés chez eux sauf un homme qui avait osé dit-on la regarder en douce et l'instant d'après il avait perdu la vue.

Èlli avait raconté deux ou trois fois l'histoire à Sotìris, se l'était racontée à elle-même plusieurs fois, et toujours elle tâchait d'imaginer à quoi ressemblait la reine si elle avait les cheveux blonds ou noirs et pourquoi cette reine s'intéressait aux pauvres et si elle avait monté le cheval comme un homme ou en amazone et à quoi elle pensait en passant nue dans les rues vides et si c'était le jour ou la nuit et quelle était la couleur du cheval et s'il galopait ou allait lentement – et maintenant, debout devant le frigo vide le froid glacé lui frappant le visage Èlli se souvient de ces soirées d'été sur le lit elle se souvient qu'elle déballait le chocolat le touchait le léchait un peu avant de le mettre dans sa bouche puis le mettait dans sa bouche mais sans mordre le laissant fondre sur la langue sans mordre sans mâcher le laissant fondre longuement dans sa bouche et le goût doux-amer se répandait dans sa bouche et descendait dans sa gorge dans son cœur.

*

Chaînes, dit Èlli refermant la porte du frigo et frottant ses bras qui ont la chair de poule. Il faut que je mette des chaînes comme une voiture pour que mon cerveau ne glisse pas dans le passé.

*

Dans la salle de bains elle regarde à nouveau le mot écrit sur le miroir au rouge à lèvres orange. SSORI. C'était l'une de leurs blagues, l'un de leurs mots de passe. Ils l'avaient emprunté à un téléfilm, où un type maladroit et bègue mangeait tout le temps du chocolat et demandait sans arrêt pardon. S-sori, disait-il, excusez-moi.

Ssori, disait Sotìris à Èlli. Une femme comme toi devrait se trouver un riche. Plus de boulot plus rien. Voyages coiffeurs et fringues. Week-end à Rome lundi à Paris les fêtes à New York. Et c'est moi que tu as trouvé sur ta route. Ssori.

SSORI, c'est ce que Sotìris avait écrit la veille au soir sur le miroir avec le rouge à lèvres orange.

*

Elle fait couler l'eau froide entre dans la baignoire et retient son souffle, elle entre dans l'eau froide et se retient pour ne pas crier. L'eau tombe sur sa peau violemment coupante comme un rasoir – mais Èlli se dit qu'elle va tenir bon s'efforce d'ignorer la douleur cligne des yeux et voit des images passer devant ses yeux des fantômes engendrés par l'eau qui coule et ça coule dans sa tête elle voit des visages des paysages des matins des nuits qui passent devant ses yeux elle voit des images d'une autre époque d'une autre vie quand il n'y avait pas d'usines d'heures supplémentaires de timbres fiscaux de factures impayées de cochons roses qu'il faut nourrir et d'hommes qui s'en vont la nuit comme des voleurs.

Sous l'eau glacée sa peau change de couleur, la pâleur semble tomber de sa peau comme un vieux crépi. Sa poitrine se durcit et se relève comme le museau d'un renard dans les buissons. Èlli caresse sa poitrine elle sent le sang qui court affolé sous la peau elle frotte son ventre pétrifié agite ses orteils et regarde les gouttes d'eau tomber sur leurs ongles décolorés.

Mes ongles de pieds, dit Èlli. Mes ongles de pieds sont ma frontière sud. C'est là en bas que se termine mon corps c'est là que se termine Èlli.

Frontière pleine de trous. Une passoire la frontière de la petite Èlli on entre comme dans un moulin.

Èlli ville ouverte.

*

Dans la chambre elle enfile son vieux peignoir lilas allume une cigarette puis retourne pieds nus dans la cuisine pour débrancher le téléphone mais la ligne est coupée donc ça ne change rien.

Elle verse du vin dans un verre – du vin crétois lourd noir comme du sang mort – et tandis qu'elle verse ses mains tremblent elle se dit qu'il faut absolument qu'elle mange du sucré, c'est ça la raison sûrement, l'hypoglycémie.

Elle fume et boit et une fois la cigarette éteinte elle repasse dans la chambre ouvre l'armoire décroche les vêtements des cintres et les jette en vrac sur le lit défait. Chemises, pantalons, un blouson bon marché avec sa fourrure, un vieux costume. Elle vide les tiroirs sur le lit. Sous-vêtements, chaussettes, une cravate en tire-bouchon. Une ceinture qui ne ferme plus. Une semelle pour chaussures taille 45. Un long lacet jaune. Sur le tas elle dépose les chaussures et les pantoufles de l'homme.

En route vers la salle de bains elle s'arrête dans la cuisine allume une autre cigarette et remplit de nouveau son verre. Puis elle entre dans la salle de bains la pièce la plus difficile car c'est là que les gens laissent le plus de traces. Elle ouvre la petite armoire et jette par terre son rasoir, ses eaux de Cologne, son peigne et sa pince à ongles. Une bouteille d'alcool à 90. Ses petits ciseaux.

Et cette brosse à ongles qu'elle lui avait achetée pour qu'il se nettoie les mains en rentrant du boulot.

Dans le salon elle ramasse tout ce qu'elle trouve. Journaux sportifs magazines de voitures briquets paquets de cigarettes oubliés vieilles photos. Ses affaires. Toutes ses affaires éparpillées dans la maison comme des miettes.

Dans le placard de l'évier elle trouve des sacs à ordures verts qu'on ferme avec une ficelle jaune. Elle jette dans les sacs les vêtements et les affaires de Sotìris puis les traîne devant la porte du balcon. Dehors la pluie a cessé mais les gouttes tombent de la rambarde du balcon et Èlli s'arrête pour les regarder – elle dit, ça alors, ce soir le fer lui-même plie et pleure.

Elle allume une cigarette et la toux montant dans sa gorge l'étouffe.

Pour de l'argent, dit Èlli. Tout ça pour un peu d'argent.

Elle ouvre la porte en toussant et sort sur le balcon. Elle attrape un sac et le jette dans la rue. Elle entend le bruit mais ne se penche pas pour voir. Elle jette un autre sac puis un autre. Les automobilistes ralentissent et lèvent la tête. Un passant promenant un petit chien s'arrête et regarde en l'air. Les sacs tombent dans le vide au troisième étage à l'angle des rues Kỳprou et Ionìas à Nìkea – les sacs tombent dans le vide comme des suicidés vêtus de vert, comme des pécheurs sans courage la nuit d'avant la fin du monde.

L'homme au petit chien se baisse prend le chien dans ses bras et file en courant sans regarder derrière lui.

Quand je pense qu'il a pris le cochon avec lui, dit Èlli. Le cochon rose.

*

Èlli retourne dans la cuisine. Ses mains tremblent encore, elles tremblent plus qu'avant. L'hypoglycémie sûrement. Elle ouvre tiroirs et placards et aligne sur le plan de travail sucre miel semoule amandes cannelle. Elle va faire du halva. Un bon halva à la semoule avec des amandes et plein de cannelle. L'hypoglycémie sûrement.

Elle fait bouillir les amandes et cherche à se rappeler la recette et les bonnes proportions. Un deux trois quatre. Une tasse d'huile deux tasses de semoule trois tasses de sucre quatre tasses d'eau.

Huit cents euros. Neuf cents maximum.

Elle triple les quantités – trois six neuf douze – et commence à travailler. Elle fait bouillir le sucre dans l'eau avec deux cuillerées de miel et une écorce d'orange. Dans une autre casserole elle met l'huile et la semoule qu'elle fait cuire à petit feu en remuant tout le temps, la semoule doit cuire lentement pour ne pas brûler et tout gâcher. Dès que la semoule blondit, elle extrait l'écorce d'orange de l'autre casserole verse le sirop sur la semoule la semoule grésille et l'éclabousse et Èlli effrayée remue plus vite, vite et fort jusqu'à ce que la semoule absorbe le sirop, que le halva se décolle de la casserole.

Elle retire la casserole du feu, ajoute les amandes, remue bien le tout, puis fait une pause cigarette.

La salade a séché dans la bassine. Le cœur de la salade est blanc dans la pénombre. Petit tendre et blanc. Èlli étend la main, touche doucement le cœur de la salade et doucement le caresse.

Dehors la nuit tombe. Des oiseaux noirs battent des ailes entre les fils électriques comme des notes sur la portée d'une étrange musique, d'une musique écrite pour être jouée pendant la dernière nuit du monde.

*

Plus tard elle presse le halva aplatit la surface dorée avec la spatule en bois et allume une autre cigarette. L'odeur du halva se répand dans la maison recouvrant un instant l'odeur du vendredi et l'odeur de la solitude et l'odeur de la pauvreté méchante qui ronge sans bruit, lentement mais sûrement, les rêves la force la vie d'Èlli – de tous ces gens qui vivent pour travailler, qui sont nés, qui vivent et meurent pour travailler. Pour peu d'argent.

La pauvreté, la méchante, la salope. Habitant la maison elle aussi. Habitant la maison, rat domestique.

*

Sur la table de la cuisine elle étale sa plus belle nappe et vide le halva dessus. Elle commence à le malaxer avec des gestes lents et soigneux jusqu'à lui donner figure humaine. Elle forme les bras les jambes la tête le cou. Elle trace avec l'ongle les yeux le nez une grande bouche souriante. Quant aux cheveux, qui doivent être longs et en bataille, ce n'est pas une réussite. Mais elle décide de ne plus y toucher.

Ça ne fait rien, dit Èlli. Trop de cheveux ça fait mal à l'estomac.

Quand elle a fini elle prend la nappe avec précautions par les coins, l'emporte dans la chambre à coucher et l'étale avec précautions sur le lit. Elle jette les couvertures par terre puis apporte de la cuisine le vin le verre et les cigarettes.

Elle s'assoit sur le lit en tailleur et rapproche la nappe.

Et tout ça pour un peu d'argent, dit Èlli. Huit cents euros. Neuf cents maximum.

Je ne comprends pas, dit Èlli. Si nous les pauvres nous faisons des choses pareilles à des pauvres, qu'est-ce que les riches doivent nous faire ?

Mon Dieu je ne comprends pas.

Je suis Èlli Dràkou.

Je ne comprends pas.

Dehors il ne pleut plus mais les gouttes de pluie tombent de la rambarde. Ça alors, c'est bizarre, dit Èlli, ce soir le fer lui-même plie et pleure.

Puis elle sort de sa poche une petite cuiller en argent s'assoit plus confortablement sur le lit se blottit dans son vieux peignoir lilas et commence à manger l'homme-halva – elle mâche lentement dans l'obscurité en écoutant l'obscurité qui grandit dehors elle se met à manger lentement, à petites bouchées bien nettes, l'homme qui a traversé lui aussi sa vie passant sa frontière ouverte comme un soldat conquérant ou comme un immigré pourchassé.

Le petit soldat de plomb

Ils l'ont encore chopé aujourd'hui le connard et il a pris la branlée du siècle. Des flics en civil sans doute, catogan et anneau dans l'oreille – deux le tenaient quatre cognaient. À Pèrama aux chantiers navals. Les ouvriers manifestaient après la mort de deux types sur un pétrolier et il y est allé aussi crier des slogans et bomber les murs. Crier bomber quelle idée. Comme si c'était son truc les marteaux burineurs et les sableuses. Connard. Si seulement il était encarté – ceux-là ils volent en escadrille et font gaffe, ils connaissent la musique. Mais notre jobard, lui, se pointe en solitaire aux rassemblements aux manifs et après qui c'est qui court à l'hosto et chez les bourres pour le tirer de là ? Il s'est fait virer de son boulot en plus et n'a pas mis les pieds à la maison depuis un mois. Qu'est-ce qu'il mange où il dort ? Avec quel argent ? Connard. Il nous rend cardiaques. Voyou. Connard.

Espèce d'imbécile, je lui dis au téléphone. Tu changes pas. Tu réfléchis donc pas. Pour qui tu te prends petit salopard ?

Ah brave soldat, qu'il me répond. Ah brave soldat, de la mort qui te sauvera ?

Hans Christian Andersen, qu'il me dit.

Le petit soldat de plomb.

Tu te souviens ?

*

Et me voilà encore qui cours en pleine nuit à Pèrama pour le sortir de là, moi qui m'étais juré que la fois d'avant serait la dernière. J'avais trouvé le commissaire au téléphone je me suis présenté. Viens le chercher, qu'il m'a dit, et fais-lui savoir que s'il insiste il va y passer un jour. Je lui ai dit qu'on l'avait salement amoché qu'il était à l'hosto. Ce n'étaient pas des gens à nous cher monsieur, qu'il m'a dit, ils se tabassent entre eux anars cocos va savoir. Qu'est-ce que je pouvais lui dire à ce connard à part merci, obligé que j'étais.

Kokkinia Keratsìni Amfiàli je traverse tout portes verrouillées vitres relevées. Je suis né là j'y ai grandi mais j'ai tiré un trait depuis des années sur ces coins-là – je roule comme un dingue sans même regarder le décor – je suis né là j'y ai grandi mais je ne veux plus me souvenir de rien, le passé n'est qu'une vieille blessure que plus tu grattes plus ça enfle et ça saigne et ça pue. Avenues Pètrou Ràlli Laodikìas Salamìnos je passe en trombe grille les feux et les souvenirs sont comme les sirènes d'Ulysse, à tous les coins de rue, à tous les feux ils me font de l'œil, leur chanson me dit d'arrêter. Un baiser, une clope sous la pluie, un ami serré dans mes bras une nuit de biture. Mon père. Il travaillait à Pèrama sur les rafiots pourris mais question souvenirs il s'y connaissait lui aussi. Les souvenirs sont comme l'ongle dans la chair, qu'il nous disait quand on était petits. La souffrance et la mort tout dans la vie est comme l'ongle dans la chair. Tu peux seulement le couper, pas le déraciner. Enfin si tu veux vivre.

Mon père. Tué à cinquante-deux ans dans la cale par les émanations. Mon père. Souvenir lui aussi, ongle poussé à l'envers enfoncé au profond de la chair et devenu noir.

*

Kokkinia Keratsìni Amfiàli je passe en trombe car j'ai fait un mauvais rêve hier et je savais que j'allais encore devoir y aller et ça me ronge. J'ai rêvé qu'on était tous deux séparés par une espèce de grande verrière et lui derrière la verrière me parlait mais je n'entendais pas et il avait collé ses mains sur la vitre et tentait de me dire quelque chose mais je n'entendais rien. Je le voyais crier, je voyais les marques de mains qui ternissaient la vitre et je cherchais l'ouverture pour aller vers lui mais rien. Puis il a sorti une bombe de peinture et s'est mis à bomber la vitre mais je ne pouvais pas lire et je lui ai crié que je ne pouvais pas lire mais il ne m'entendait pas et la vitre s'est remplie de lettres noires que je ne pouvais pas lire puis on s'est regardés à travers la vitre il s'est arrêté de bomber de parler il me regardait seulement bras ballants et ses yeux débordaient de chagrin fallait voir et alors j'ai ôté ma chemise enveloppé ma main avec et je cognais sur la vitre pour la casser puis passer derrière mais c'était comme cogner sur un mur et sur la chemise j'ai vu du rouge alors j'ai crié – c'est ça qui m'a réveillé, je criais je donnais des coups de poing au lit j'ai sursauté failli tomber du lit me casser la gueule.

Crier bomber quelle idée.

Il me rend cardiaque. Au réveil et dans mon sommeil.

*

Kokkinia Keratsìni Amfiàli je passe en trombe sans même regarder le décor, je vois devant moi du côté de Salamine qu'il doit pleuvoir, les éclairs tombent l'un suivant l'autre et ça clignote comme des arbres qu'on déracine et je me dis qu'il a dû salement déguster aujourd'hui. Andersen et le petit soldat de plomb ce délire c'est sûr qu'ils l'ont tabassé ils ont dû lui cogner la tête et je me mets à trembler faut voir comme et je sens mon pied qui tremblote sur le champignon et la bagnole fait un bond comme une crise de hoquet et je voudrais m'arrêter une seconde pour me calmer mais comme je suis déjà très en retard j'ai peur de ce qui va se passer si mon retard augmente. À un feu rouge alors je vois du coin de l'œil un chien qui boîte sur le trottoir et je me souviens. Je me souviens de l'enterrement de mon père quand on est rentrés à la maison il nous a fait asseoir ma mère et moi sur le canapé de la cuisine puis il nous a pris dans ses bras et nous a dit que comme les chiens qui apprennent à vivre avec trois pattes nous aussi on apprendrait à vivre seuls tous les trois – onze-douze ans qu'il avait, un petit mioche innocent où avait-il appris à dire des trucs pareils – et si ce soir-là les baisers de sa mère avaient été des larmes elles auraient noyé le monde entier, mais en fin de compte il avait raison. En fin de compte nous avons appris à vivre comme un chien à trois pattes et ma mère n'arrête pas de le dire depuis – attention, qu'elle me dit, attention fais attention mon pauvre.

Fais attention au petit. Le chien vit avec trois pattes, avec deux ça ne marche plus.

Attention.

*

Il m'attend devant le commissariat. De loin je reconnais son ombre et de près il est méconnaissable. La tête comme un godillot de soldat d'autrefois ou d'ouvrier, bosselée crevassée noircie. Il a un pansement sur le front les lèvres gonflées la manche de son sweat est déchirée jusqu'à l'épaule. Il monte en voiture et s'assied tranquille, pas un mot pas un regard. Je regarde ses lèvres gonflées et je me souviens. Je me souviens tout le temps. Je me souviens d'une fois ça fait des années je l'avais emmené chez la dentiste et il est ressorti les lèvres gonflées comme ça et je lui disais mais qu'est-ce qu'elle t'a fait la dame elle t'a roulé des pelles et lui sans pouvoir parler il a souri tandis que j'étais pris de chagrin fallait voir à cause des lèvres gonflées qui souriaient et ce soir pareil le chagrin me prend de le voir battu avec ses pansements ses vêtements déchirés et je me dis que si j'avais la force je foutrais tout en l'air – le commissariat les chantiers navals et Pèrama tout entier et Nìkea et Amfiàli que tout soit rayé de la carte.

Je lui file une clope – ils lui ont piqué les siennes pour chercher du hasch – et assis dans la voiture on fume la fenêtre entrouverte il s'est mis à pleuvoir on regarde la pluie qui coule en ruisseaux sur le pare-brise et c'est la dernière fois, je lui dis. Fini. Tu entends ? La dernière fois.

D'accord, qu'il me dit. Entendu. D'accord.

Sa voix est épaisse et embrouillée comme s'il avait un mouchoir dans la bouche. Il baisse la vitre jette la cigarette et regarde les éclairs dans le ciel vers Salamine qui clignotent comme des arbres qu'on déracine. Il n'est pas rasé il sent la sueur et ses cheveux ont l'air d'une grosse perruque mal peignée. Voilà, je me dis. Voilà la troisième patte du chien. Mais les familles n'ont pas de pattes. Les familles ne sont pas des chiens. Je ne sais pas ce qu'elles sont. Des serpents peut-être. En tous cas pas des chiens. Sûrement pas.

Il voit sa manche déchirée qui pend et voudrait l'arranger comme il peut mais il comprend que c'est impossible et laisse tomber.

Allons-nous en, qu'il me dit. Allons. Je veux te montrer quelque chose.

Je démarre. Les essuie-glaces marchent à fond mais que faire avec une pluie pareille, le pare-brise est un torrent qui déborde. On débouche dans l'avenue je prends la file de droite on tombe dans des nids-de-poule pleins d'eau noire je jure tant que je peux – fais attention, dit ma mère, fais attention fais attention au petit, un chien à deux pattes ça ne marche plus – et soudain je comprends que je ne sais pas où on va, que nous deux ensemble on ne peut aller nulle part et je me remets à trembler je ne sais plus quoi faire.

Prends à droite, qu'il me dit. Ici. Avance encore. Ici.

Je m'arrête. Mon pied tremble sur le frein. Il baisse la vitre et montre un point dehors.

Regarde. C'est moi qui l'ai fait. Heureusement je l'ai fini avant la pluie. Regarde. Qu'est-ce que tu en penses ?

Dessiné sur une haute palissade, un soldat de l'ancien temps en veste rouge et pantalon bleu ciel. Il n'a qu'une jambe. Il porte une ceinture jaune, un haut chapeau noir et un fusil noir à l'épaule.

Il descend de voiture va se mettre en face du soldat le regarde et me le montre. Il est déjà trempé, le pansement s'est décollé de son front et pend comme un bout de peau.

C'est bon, Picasso, que je lui crie. Il est beau. Viens maintenant. On s'en va.

Le soldat de plomb, donc. Tu te souviens qu'il nous racontait l'histoire quand on était petits ? Il n'en connaissait pas d'autre. C'est avec cette histoire qu'on a grandi. Tu te souviens ? Tu te souviens comme sa voix était triste toujours ? Ah brave soldat, de la mort qui te sauvera ? Tu te souviens comme sa voix se cassait quand il racontait la ballerine qui se tenait sur une jambe ? Et le soldat croyait qu'elle aussi n'avait qu'une jambe comme lui et tombait amoureux d'elle. Quel amour celui du soldat de plomb pour la ballerine. Quelle chose affreuse. Désirer quelque chose que tu ne peux pas avoir. Tu te souviens ? Tu te souviens quand le soldat de plomb retrouve sa ballerine et qu'il a envie de pleurer des larmes de plomb mais il se retient parce que les soldats ne pleurent pas. Et il est resté comme ça jusqu'à la fin. Fier et fort toujours silencieux regardant toujours devant lui l'arme à l'épaule. Jusqu'à la fin. Jusqu'à ce qu'il brûle tout entier en ne laissant que son petit cœur de plomb. Jusqu'alors il est resté fier et fort l'arme à l'épaule. Jusqu'alors. Tu te souviens ? Tu te souviens ?

Il est trempé, il dégouline de partout comme si tous les pores de sa peau étaient des yeux qui pleurent. La pluie redouble. Une pluie méchante, comme une punition. Le ciel clignote à cause des éclairs. On dirait qu'il y a la guerre là-haut ce soir – la guerre entre la lumière et la nuit. La guerre. La lumière se bat pour entrer dans le monde et quelqu'un se bat pour la chasser, boucher toutes les fissures, laisser le monde dans sa nuit.

Mon pied sur le frein comme un marteau-piqueur.

Allez monte, que je lui crie. Je m'en vais. Monte.

Il me regarde et ses lèvres font un sourire gonflé puis il écarte les bras lève haut sa jambe gauche et sautille pour trouver son équilibre et quand il l'a trouvé il s'immobilise bras collés au corps immobile en regardant au loin dans la nuit.

Dans mille ans, je l'entends dire. Dans mille ans si le monde existe encore ce qui se passe maintenant sera peut-être devenu un conte. On racontera aux enfants des contes sur des gens bizarres qui vivaient et mouraient pour quelques sous et les enfants écouteront tout ça bouche bée ça leur semblera magique incroyable. Dans mille ans. Qui sait. Peut-être que les ouvriers et les pauvres d'aujourd'hui seront les petits soldats de plomb du millénaire qui vient. Ou peut-être les ogres et les sorcières du millénaire qui vient. Si le monde existe encore. Et si on raconte encore des contes. Qui sait ?

Monte, que je lui crie – et je klaxonne un grand coup pour couvrir le tonnerre et j'appuie sur le champignon avec mon pied qui tremble comme si c'était le pied de quelqu'un d'autre.

Mon frère, que je lui crie. Monte. Monte.

Mais il reste immobile sur une jambe, face au mur où le soldat qui n'a qu'une jambe regarde au loin la nuit les yeux grand ouverts, il regarde la nuit et la pluie lui tombe dessus, pluie grise et lourde comme du plomb, les gouttes qui tombent sur lui sont les balles de la guerre qui a lieu dans le ciel, la guerre entre la lumière et la nuit – et lui toujours immobile regarde la nuit les yeux grand ouverts.

Mon frère soldat de plomb.

Planté là, muet, sans armes.

Personnage magique incroyable, personnage pour les contes du millénaire qui vient.

Mao

On l'appelle Mao. Quand il est né, à ce qu'on dit, il était jaune comme un Chinois. Sa mère et ses sœurs aussi l'appellent comme ça. Mao. Son père, ça fait des années qu'il s'est tué sur un pétrolier à Pèrama. Communiste mais paisible et souriant. C'est lui qui l'a appelé Mao. Même aujourd'hui que c'est devenu presque un homme tout le quartier l'appelle Mao.

Comment ça va Mao ?

Je vous emmerde, idiots.

Sa grande sœur Katerìna s'est fait violer cet été dans la carrière à Katràkio. C'était des types de Korydallos, il paraît, de la place Mèmou. Depuis on ne l'a plus revue. Sa mère l'a envoyée dans de la famille sur une île – Chios ou Samos, on a dit. Personne ne sait au juste, c'est resté secret. C'était une jolie fille Katerìna, tout le quartier en parlait. Grande mince très blonde et les yeux gris. À croquer comme on dit. Quand elle passait les gens se retournaient. Mais elle avait eu très tôt des mauvaises fréquentations et rentrait à point d'heure et ces choses-là ne mènent à rien de bon. Tout le monde le disait à sa mère surveille ta fille surveille Katerìna mais qu'est-ce qu'elle pouvait faire elle qui élève seule trois enfants ? Toute la journée dans la rue elle va de maison en maison vendre des Tupperware et des casseroles pour subsister. La petite sœur Thomaé c'est autre chose. Jolie fille elle aussi mais elle tient de son père. De la maison à l'école et de l'école à la maison pas d'histoires. Les mauvaises fréquentations les cafétérias elle ignore. À l'école elle est la meilleure elle apprend des langues étrangères et même elle joue de l'accordéon. Le défunt adorait l'accordéon mais il n'a pas eu le temps de l'admirer – il s'est tué à Pèrama avant son baptême. Elle a pris son nom. Thomas Thomaé. Et le soir quand nous l'entendons jouer de l'accordéon tout le quartier se souvient de lui. Communiste à fond mais paisible – il n'aurait pas fait de mal à une fourmi.

En septembre, Katerìna étant chassée de chez eux, Mao a quitté l'école pour travailler au club de billard le Lido à Perivolàki. Depuis sa mère lui en veut à mort. Elle n'a pas encore digéré que son fils porte un tablier et trimballe des cafés des sandwichs et des bières. Les disputes n'arrêtent pas. En fait, la veuve crie et gémit – Mao, lui, on ne l'entend jamais. Il ne dit rien. C'est terrifiant. Puis il sort et passe toute la nuit sur les marches à fumer à parler aux chiens et aux chats. Et tout le quartier le voit et nous ne savons pas quoi dire.

Il a beaucoup changé Mao depuis l'an dernier. Il n'a jamais été très lié avec personne mais là pas moyen de lui tirer un seul mot. Mihàlis Paniyiràkis dont le père travaillait au cimetière et qui s'y connaît dit que Mao a dans les yeux le regard de la mort. Il dit que Mao sait qui a fait le coup à sa sœur et qu'il ramasse de l'argent pour s'acheter une arme et leur tomber dessus. Il a rencontré à ce qu'il paraît des types du Magne qui lui ont dit que pour mille euros je crois ils vont lui trouver un bon flingue. Mihàlis dit que ceux de Korydallos ont fait savoir à Mao que s'il bouge ils vont entrer chez lui la nuit pour déchirer aussi sa mère et sa sœur. Avec Mao dans un coin qu'ils obligeront à regarder.

Voilà pourquoi Mao ne dort pas la nuit. Il monte la garde devant la maison au cas où ceux de Korydallos se pointeraient.

Vrai ou faux, c'est ce que dit Mihàlis. Les fréquentations de Mao personne ne les connaît pour de bon. Parce que Mao ne dit rien à personne. Il ne parle qu'aux chats.

Ça dure depuis longtemps cette combine. Il a recueilli tous les chats et les chiens du quartier les nourrit les caresse et ils discutent. Le dimanche il jette des miettes sur le trottoir pour faire venir les pigeons les tourterelles et les moineaux. Il a un chat qui boite et qu'il appelle Auguste. C'est une chatte mais c'est comme ça qu'il l'appelle. Auguste. Il l'a distinguée des autres et lui a mis autour du cou une ficelle jaune avec une clochette. Sa mère quand elle voit ça elle est folle de rage. Tout le monde dit qu'il faut faire quelque chose c'est chaque jour le bazar dans le quartier avec tous ces chiens et ces chats mais qui va oser en parler à Mao ? Il a toujours été un enfant renfermé mais là quand il te regarde ça te glace le sang. L'autre jour il s'est rasé la tête et maigre comme un clou comme il est quand il te regarde avec ses yeux noirs sans expression on dirait un de ces enfants sous l'Occupation qui mouraient de faim.

On n'ose même plus l'appeler Mao en sa présence.

Comment ça va Mao ?

Je vous emmerde, idiots.

*

La nuit Mao ne dort pas. Il passe la nuit sur les marches devant la maison à boire à fumer à parler au chat. Mais c'est une grande consolation d'entendre au fond de la nuit sa voix et la clochette. Une grande consolation. De temps en temps il se lève et fait les cent pas comme une sentinelle. Jusqu'à la rue Ikonìou puis retour jusqu'aux rues Kastamonis et Tzavèla. De long en large toute la nuit toutes les nuits. Les nuits d'octobre quand il pleut et qu'on n'entend rien que l'eau de pluie qui coule des tuyaux jusque dans les bouches d'égout au coin des rues. Les nuits de décembre quand le vent souffle dans les fils électriques et que les branches du mûrier frappent à la fenêtre comme des mains raidies par le froid. En mars où les nuits sont fraîches où tu mets le nez à la fenêtre où tu sens le parfum de l'oranger amer et regardes les étoiles au ciel et les nuages ici ou là et tu te dis que peut-être ça va aller – ça va aller peut-être et le monde ne va pas finir et les hommes avec lui. Mao est là. Toutes les nuits toute la nuit. Jusqu'à l'aube. Et personne ne sait comment après sa nuit blanche il trouve la force d'aller au boulot.

Mais c'est une grande consolation. Une grande consolation de savoir que quelqu'un veille dehors dans la rue. Et quand tu ouvres les yeux et les oreilles tu vas voir des choses à qui de jour, à la lumière jaune du jour, tu n'accordes pas d'importance. On dirait que selon les heures les choses changent. On dirait que la nuit a un plan secret, un pouvoir magique pouvant changer les choses et les rendre un peu moins rudes un peu moins cruelles – pour consoler un brin le cœur de l'homme terrorisé. On dirait que Dieu n'a pas abandonné à jamais le monde mais a décidé de n'exister que la nuit. Si tu ouvres les yeux et les oreilles tu vas voir et entendre. Le geste brusque de la main, le crac, la flamme de l'allumette qui éclaire la cigarette. La fumée qui sort jaune de la bouche de Mao et se dissipe comme un souffle lourd dans la nuit. Le bout rouge de la cigarette qui clignote comme un vieux ver luisant. Le chat qui s'étire dans les bras de Mao pour que ses mains le touchent partout quand il le caresse. Tu vas entendre la clochette qui tinte et la voix de Mao qui marmonne on ne sait quoi. Tu vas entendre le bruit de la bouteille quand il la pose à côté de lui sur les marches. Le claquement de ses talons quand il fait les cent pas dans la rue.

Consolation. C'est une grande consolation de savoir que quelqu'un dans le quartier reste éveillé la nuit. Tout le quartier bien sûr est désolé pour Mao mais d'un autre côté nous nous disons que vu comme ça se gâte ces derniers temps il est bon que quelqu'un soit là pour nous garder la nuit – même si ce n'est pas là son but. Il y a près de cent familles dans le coin. Et ces derniers temps ça se gâte méchamment. Drogue à l'école.

Voleurs à l'arraché. Cambrioleurs. À Aï-Nikòlas ils sont rentrés dans trois maisons en une semaine. Un homme est allé en pleine journée avec sa femme chercher leur enfant à l'école et au retour ils ont trouvé chez eux trois types avec des couteaux. Même les Pakistanais sont devenus méchants. Les Pakistanaïs. Eux qui avant ne levaient même pas les yeux sur toi. Maintenant eux aussi se baladent la nuit en bandes. L'autre soir ils ont attrapé un gamin à vélo l'ont emmené là-haut devant l'église Ossìa Xèni et l'ont bien amoché. Un petit gamin de dix ans.

Ça s'est méchamment gâté ces derniers temps.

Mais nous ça va.

Nous ici la nuit nous sommes plus tranquilles.

Nous on a Mao.

*

Ce soir le ciel s'assombrit et vers neuf heures une pluie fine commence à tomber qui vous mouille jusqu'à l'os. Nous venons d'apprendre à la télé ce qui s'est passé rue Kondỳli hier soir. Deux loubards sont entrés dans une quincaillerie et ont poignardé la vendeuse enceinte de sept mois. La rue Kondỳli c'est à deux pas et nous l'avons appris par la télé. Et là encore ça nous a bouleversés. L'amiral dit que c'est tout de la faute à la police. Vàyos le Bulldozer dont le frère est flic dit que c'est la faute aux politiques. Il dit que ceux de gauche ont tout fait pour démolir la police parce qu'ils la détestent et que la droite laisse faire parce qu'elle a peur de la gauche. Mihàlis dit que si nous avions rien qu'un peu le sens de l'honneur – si nous étions des hommes des vrais et pas des minables nous ferions ce que fait Mao au lieu de rester à pleurnicher devant la télé.

Voilà ce qu'ils font les hommes, dit Mihàlis. Ils prennent leurs affaires en mains. Nous on est des lavettes.

Il se lève éteint la télé allume des bougies apporte une bouteille de tsìpouro, des pois chiches et des raisins secs. Nous sommes assis dans l'ombre et regardons par la fenêtre. Malgré la peur et la colère tu ne peux pas ne pas te laisser aller un peu à la douceur de la pluie. Tu entends le tap tap tap que font les gouttes sur le rebord et c'est comme si elles s'égouttaient dans ton cœur. Et tu oublies un peu. Tu oublies un peu ce qui s'est passé rue Kondỳli et tu oublies qu'il n'avait pas plu depuis octobre et qu'on ne sait pas quand il va pleuvoir ensuite. Tu entends la pluie et tu oublies. Et si tu ouvres un peu la fenêtre et respires profondément tu sentiras la terre mouillée et le parfum de l'oranger et l'air qui ce soir encore a une odeur bizarre amère. Et si tu lèves les yeux tu verras la pluie qui tombe jaune autour du lampadaire dans la rue et si tu les lèves plus haut tu verras les nuages qui ont pris une couleur jaune foncé comme s'ils passaient au-dessus d'un lieu qui a pris feu et brûle.

À onze heures passées Mao sort de la maison s'assoit sur les marches et pose à côté de lui ses cigarettes et sa bouteille. C'est de la tsikoudia, dit Mihàlis qui a surpris plusieurs fois Mao sortant de l'épicerie du Crétois dans la rue Tsaldàri. Puis il attrape le chat cramponné à son épaule il le prend dans ses bras et commence à le caresser. Tantôt il regarde la rue luisante sous la pluie, tantôt il lève la tête et regarde la pluie qui tombe jaune et dont les gouttes ressemblent aux poils de barbe d'un vieux pleins de nicotine. Et Vàyos qui est l'un des anciens du quartier se ressouvient ce soir du grand-père de Mao le capitaine Stàvros qui avait lui aussi la manie des chats. Un jour on lui a donné une chatte blanche à longs poils appelée Nabìla mais lui vieux comme il était quatre-vingts ans et plus ne comprenait pas et l'appelait Mandìla – foulard. Il en était fou et ne la quittait pas d'une semelle. Un bout de temps avant sa mort la chatte a disparu. Il est sorti dans la rue en pyjama avec sa canne et s'est mis à crier Mandìla Mandìla. Une voisine l'entend et se dit ça y est le vieux perd la boule ou c'est une attaque, elle attrape une serviette ou je ne sais quoi, descend illico dans la rue et lui dit tiens Stàvros je t'apporte un foulard. Allez viens rentrons faudrait pas qu'une voiture te renverse. Le vieux s'est fâché croyant qu'elle se moquait de lui a levé sa canne et failli l'étendre raide. Une sacrée raclée. On a eu toutes les peines du monde à le calmer, il avait encore le sang chaud même avec un pied dans la tombe. Ce vieux de merde. Sanguinaire jusqu'au bout. Les anciens disaient que pendant la Guerre civile il en avait arrangé plus d'un.

Il finira comme son grand-père celui-là, dit Vàyos. Vous allez voir. C'est Vàyos qui vous le dit. Tous pareils les cocos. Sale race de merde.

Coco ou pas, dit Mihàlis, il est meilleur que nous. Vous savez qu'il y a des gens qui ne vont plus se coucher tant que Mao n'est pas sorti sur les marches ? Il y a des gens qui toutes les nuits le guettent et attendent de le voir sortir. Moi-même j'ai entendu plein de fois des gens dire qu'ils dorment plus tranquilles depuis que Mao s'est mis à veiller. Pas une ou deux fois. Plein de fois.

L'amiral se lève et va vers la fenêtre. Il est retraité de la marine et c'est pourquoi nous l'appelons amiral. Sa femme aussi l'appelle comme ça. Quand il nous arrive de nous attarder le soir à chez Satanas elle appelle et ne demande pas Dimìtris ou Pavlàkos. Elle demande l'amiral. L'amiral est chez vous ? qu'elle dit.

Il essuie la vitre de la main et regarde dehors. Il a beaucoup maigri ces derniers temps et nage dans ses vêtements. Là dans la pénombre son visage est jaune comme les feuilles de mûrier l'hiver. L'autre jour il disait à Vàyos que depuis sa retraite il n'est plus le même homme. Il dépérit. Ce n'est pas juste, qu'il a dit, de désarmer les hommes si tôt. Et Vàyos l'a injurié. Nous autres vieux crétin on dépérit dans notre boulot de merde et toi tu te plains d'être au repos ! Va te faire foutre, minable. Ingrat ! Ils se sont salement injuriés.

Mais réfléchissez un peu, dit Mihàlis. Nous sommes à peu près cent familles dans le coin, n'est-ce pas ? Certains ne se parlent pas et d'autres ne se connaissent même pas de vue. Dans cet immeuble si tu comprends mieux il y a des gens que je vois pour Noël et pour Pâques. Et pourtant tous les soirs tout le monde attend avec la même impatience de voir Mao sortir sur ses marches. Pas besoin d'aller loin. L'autre soir ma mère s'est mise à encenser toutes les pièces et à un moment je la vois qui sort sur le balcon et qui bénit la rue avec l'encensoir. Qu'est-ce que tu encenses maman je lui dis. Les chats ? Non qu'elle me dit c'est pour Mao. Que Dieu protège ce garçon qui nous garde la nuit. Tu entends ça ? Et dire que depuis des années elle est fâchée avec la mère de Mao. Mais c'est une consolation de savoir que quelqu'un veille quand toi tu dors. Une grande consolation. C'est une grande affaire de dormir tranquille. Vous voulez que je vous dise ? S'il y avait un Mao dans tous les quartiers de cette ville et partout le monde serait bien meilleur. Ne riez pas. Si dans tous les quartiers il y avait un Mao pour monter la garde la nuit le monde serait meilleur. Qu'est-ce qu'on parie. Ne riez surtout pas. C'est ça la démocratie. Que les pauvres n'attendent pas que les riches viennent les aider mais qu'ils prennent la situation en mains. Parce que c'est de là que vient tout le mal. De ce que nous croyons que les riches pourraient un jour aider les pauvres. Ça ne se peut pas. Nous sommes deux mondes séparés. Eux là-bas nous ici. Nous il faut qu'on prenne la situation en mains. C'est ce que fait Mao. Parce que vous savez quel est le pire ennemi de l'homme ? La mort ? L'argent ? Non bien sûr. La peur. C'est ça le pire ennemi. La peur. La peur.

Ça recommence, dit l'amiral. La Mirafiori. Ça recommence.

On va tous à la fenêtre et on regarde. La Mirafiori jaune passe dans la rue tous feux éteints avec l'échappement qui gronde. Le chat couché dans les bras de Mao lève la tête. La voiture arrivant près de Mao ralentit. Mao sur les marches se lève et alors le conducteur accélère et file sur les chapeaux de roues. Mao s'avance jusqu'au milieu de la rue et regarde la voiture qui atteint la rue Kŷprou et tourne à gauche. Il se rassoit. Il attend. Regarde à droite à gauche. Se penche et on dirait qu'il murmure à l'oreille du chat et le chat l'écoute la queue dressée recourbée au bout en point d'interrogation. Puis Mao boit à la bouteille allume une cigarette et quand il souffle la fumée la fumée sort jaune et épaisse comme s'il avait fumé toute la cigarette en une bouffée.

La deuxième fois ce soir, dit Mihàlis. Ils sont déjà passés tout à l'heure.

Combien étaient-ils dedans ? J'en ai vu deux.

Trois. Deux devant un derrière.

Ça va mal finir pour nous avec celui-là, dit Vàyos en quittant la fenêtre. Vous pouvez le croire. C'est Vàyos qui vous le dit.

*

La pluie s'est arrêtée mais les gouttes coulent encore sur la vitre et par la fenêtre entrouverte on entend l'eau couler comme un ruisseau dans le caniveau. L'amiral cherche des chansons à la radio et trouve de vieux rebètika mais on entend bientôt le jingle de la station 902 et Vàyos dit dégagez pédés se lève et change de station.

Qu'est-ce qui se passe ?

Rien.

Qu'est-ce qu'il fait ?

Rien. Il joue avec le chat.

Comment il l'appelle déjà ? César ?

Auguste.

Ah c'est vrai. Vàyos vous l'a dit les gars mais vous ne l'écoutez pas. Il va finir comme son grand-père de merde celui-là. Enfin s'il arrive au même âge. Moi je le vois mal barré. Je le vois mouillé dans une affaire de drogue. Ces histoires sur sa sœur et les types de Korydallos moi je n'y crois pas. Mihàlis peut raconter ce qu'il veut. Avec les cocos c'est toujours l'embrouille.

Moi je me souviens de 78, dit Mihàlis. Quand Logothètis a été élu maire la première fois. Vous vous souvenez de cette soirée-là ? Tous ceux du PC se sont rassemblés devant l'église Ossìa Xèni et gueulaient comme si c'était la guerre. J'allais à l'école mais je m'en souviens comme d'hier. Je me souviens que les mères sont sorties dans les rues nous chercher et on s'est tous barricadés chez nous et tout le monde tremblait de peur. Ça y est ce soir les cocos vont nous bouffer, qu'on disait. Ils vont entrer chez nous pour nous tuer. Ce qu'on a pu pleurer ce soir-là. On en a vu de toutes les couleurs. Les femmes pleuraient les enfants pleuraient et les vieilles se prosternaient à quatre pattes. Une vraie panique. Je me souviens que feu mon père et deux ou trois autres ont pris des couteaux de cuisine et monté la garde à la porte toute la nuit. La panique. Et là on parle de 78, d'accord ? Pas des années 60 ou 50. Ça se passait en 78.

C'est vrai, dit Vàyos. Les cocos alors étaient déchaînés. Ils croyaient qu'ils allaient changer Kokkinia en Stalingrad. Et maintenant ils sont au parlement ces charognes et on les paye en plus. Dégagez ! Je lui pisse au cul à votre démocratie bande de guignols. Ah les pédés j'en suis malade. J'en suis malade rien que de les voir. Et surtout ceux qui ont retourné leur veste et sont rentrés dans le système. Ceux qui se baladent en cravate en grosse bagnole et qui s'assoient devant la télé le soir une main sur la télécommande et l'autre sur leur bite en rêvant à la révolution. C'est eux, ces enculés, qui me foutent le plus en rogne. Hommes de gauche tu parles. Ils n'ont qu'une seule chose de gauche ces gars-là. Leur couille gauche. Enculés.

L'amiral tend la main, prend la bouteille et remplit les verres. Ses mains tremblent. Il boit remplit reboit.

Ça c'est rien, qu'il dit. En 71 vu la situation on nous a envoyés à Norfolk en Amérique prendre livraison du Nafkratoùsa. Un bateau énorme le plus gros de la flotte. Une vraie ville. On est restés là-bas deux mois mais c'était dur. À chaque sortie c'était la panique. Comment les Noirs nous sont tombés dessus je m'en souviens encore. Ils nous jetaient des ordures du haut des immeubles. C'était en plein Vietnam tu vois et de nous voir en uniforme ça les rendait fous. Comme si toutes les tueries de là-bas étaient notre faute. À nous les malheureux tu vois qu'on ne savait même pas trouver le Vietnam sur la carte. Je me souviens qu'une fois dans un bar on a rencontré un gars de chez eux, un marine qui revenait de là-bas les mains pleines de pansements. On a discuté et il a dit qu'un soir sa compagnie est tombée dans une embuscade et qu'ils ont tous été tués sauf lui et un ou deux autres. Et que depuis il était mal dans sa tête et se rongeait les ongles jusqu'au sang. De peur tu comprends. Les pansements c'était à cause de ça. Et dire les gars que c'était un costaud de deux mètres. Je m'en souviens encore. On lui a payé des bières et des whiskys et à la fin il voulait plus nous lâcher. Il nous suppliait de l'emmener en douce dans le bateau pour aller avec nous en Grèce. Je vous jure. Un type de deux mètres qu'on aurait dit un bébé. Je m'en souviens encore. Enfin. Quelle histoire. Mais moi depuis tout petit j'étais fou de l'Amérique. Feu mon père qui avait fait le tour du monde me disait que l'Amérique n'est pas faite pour les gens comme nous. Il disait qu'en Europe la pauvreté c'est vu comme de la malchance. En Amérique la pauvreté c'est une honte. Tu supporterais ça d'être pauvre et honteux ? Alors ne rêve pas et reste où tu es.

Vàyos regarde Mihàlis puis il regarde l'amiral.

Il dit, enfin quel rapport, Mìtsos ? On est passé comment du chat du vieux Stàvros au Vietnam ? Là je comprends pas.

C'est pas ce que je voulais dire, dit l'amiral. Maintenant que j'y pense des années après je me dis c'était n'importe quoi le baratin de mon père. Comme si en restant ici j'étais arrivé à quelque chose. Je ne suis pas pauvre et honteux peut-être ? Trente-cinq ans de service pour arriver à quoi ? On vit à quatre dans soixante mètres carrés. J'ai fait le tour des députés pendant deux ans pour trouver un boulot à mon jeune fils et voilà maintenant qu'ils veulent le licencier. Il s'est cassé le dos à trimballer des pièces détachées pour huit cents euros et voilà qu'ils veulent le virer parce que madame Toyota ne va pas bien. Au lieu de mettons cinq cents millions elle a gagné cette année quatre cent quatre-vingt-dix seulement. Une sacrée perte tu vois ? Et moi je cours de nouveau et je supplie toutes ces crapules. Je vous ai dit vous vous souvenez que j'ai trouvé ce boulot dans les pièces détachées par ce Panayotàkos. On était ensemble dans la marine c'était mon second sur le Pànthiras. On lui donnait une barque il la jetait sur les rochers ce ballot mais il est devenu député lui aussi. Enfin. Quand il m'a trouvé ce boulot pour mon fils je suis allé de son bureau au théâtre municipal pour le remercier. Il avait mis une eau de toilette qui sentait très fort et quand je lui ai serré la main son odeur m'est restée. Eh bien vous n'allez pas me croire. Des années ont passé depuis et pourtant par moments il me semble que j'ai encore l'odeur sur la main. Je vous jure. Je sens ma main par moments et j'ai envie de vomir. Comme si j'étais sali jusque dans l'âme. Là maintenant. Là je la sens.

Il met sa main sous son nez la sent puis la tend à Mihàlis.

Tiens regarde. Regarde comme elle sent. Mais comment c'est possible, dis moi ?

Arrête, dit Vàyos. Arrête de pleurnicher amiral. C'est quoi ces conneries d'eau de toilette ? Tu as touché combien à ta retraite ? Tu touches combien par mois ? Lâche-nous un peu je t'en prie. Tout le monde parle et toi aussi qui as pris ta retraite à cinquante ans et maintenant tu te reposes en te grattant les couilles et on te paye en plus. Allez change de sujet parce qu'on va encore se foutre sur la gueule. Mihàlis y a un trou dans mon verre. Tu nous apportes à boire ou je m'en vais ?

Mihàlis apporte le tsìpouro remplit les verres et se rassoit. Vàyos se penche allume une cigarette à la bougie et souffle la fumée de côté. Il détache la cellophane du paquet la froisse et la jette dans le cendrier en regardant de travers Pavlàkos qui a détourné la tête et regarde par la fenêtre.

Puisque vous parlez d'argent. L'an dernier quand mon père est mort Hiraklis est venu ici le soir. Hiraklis qui vit là dans le coin. Làkis.

Tu veux dire le barbu. Qui a son stand au marché.

Lui-même. Il s'est pointé tard quand vous étiez partis. Donc il se pointe avec une bonbonne de whisky et on se pose dans la chambre à coucher parce qu'ici les femmes pleuraient avec ma mère. On se met à boire comme des trous et bientôt le type commence à pleurer à me parler de mon père quel brave homme c'était combien il l'aimait et qu'il avait comme qui dirait perdu un frère et tout et tout. Il pleure il me serre dans ses bras que je ne savais plus quoi faire. Et voilà qu'il me demande combien l'enterrement va coûter. Je le lui dis. Alors il me dit mon petit Mihàlis puisque le défunt était pour moi comme un frère et que vous êtes gênés financièrement je le sais je veux payer l'enterrement. Je te donnerai l'argent. Pour avoir l'âme en paix tu vois. Je te donnerai l'argent. Moi je vois qu'il est bourré qu'il a les yeux qui lui tombent sur les joues et je lui dis Làkis c'est quoi ces histoires ? Je te remercie bien sûr mais c'est impossible. Toi, payer l'enterrement de mon père à moi ? Impossible. Enfin bref lui ne veut rien savoir. Et là je me dis qu'il se fout de moi ce pédé je le connais ce juif y a pas plus radin que lui. Et pourtant les gars il se lève et me dit attends j'arrive et dix minutes plus tard il revient et me donne une enveloppe remplie de billets. Remplie de billets je te dis. Il appelle ma mère lui raconte l'affaire et elle la malheureuse troublée qu'elle était se met à crier à pleurer à lui baiser les mains. Oui elle lui baisait les mains. Faut vous dire qu'on avait commencé à faire le tour des oncles et des cousins pour emprunter. Enfin bref le lendemain matin je passe chez ce salopard de Kiosèoglou et je lui balance le fric pour le cercueil les fleurs et le reste. Et vers midi je crois Hiraklis m'appelle et me sort son histoire. Mon vieux qu'il me dit ça va mal l'argent est à ma femme tu sais et elle le gardait pour des traites ou les études des enfants ou je ne sais quelles conneries. Et voilà qu'il pleure et demande pardon encore et encore. Et moi cloué là l'écouteur à la main. Les jambes coupées.

Et tu as fait quoi ? demande l'amiral. Tu as fait quoi pour finir ? Tu as rendu l'argent ?

Je l'ai rendu bien sûr. Que faire d'autre ? J'ai fait le tour de la famille j'ai rassemblé la somme et j'ai tout rendu. Et ce minable n'est même pas venu lui-même, vous vous rendez compte ? Il a envoyé sa fille. Ce minable.

Alors ça mon vieux, dit Vàyos. Lamentable ! Et pourquoi tu n'as rien dit tout ce temps ?

Dire quoi ? Ça changerait quoi ? Là l'occasion se présente j'en parle. J'en ai parlé à ma mère aussi plus tard. Elle est venue la pauvre à l'enterrement et elle me demandait où il est Hiraklis pourquoi il n'est pas venu Hiraklis et elle lui souhaitait tout le meilleur à ce minable. Ça ne m'était jamais arrivé un truc pareil. Quand il m'a donné l'enveloppe mon Dieu ça m'a soulagé d'un poids. Malgré tout le chagrin je me suis dit c'est bon mon gars Dieu a eu pitié de nous pour une fois. Et après ça quelle honte ! Quelle honte. Une heure avant l'enterrement courir demander cinq cents euros à l'un cinq cents euros à l'autre. J'étais scié. J'aurais voulu rentrer sous terre. Je pourrais vivre cent ans je n'oublierai jamais. Quelle honte. Mais attention ici tout se paye. Vous savez ce qui est arrivé à son fils ?

De qui ? demande Vàyos.

Comment de qui ? Tu es pinté ou quoi ? C'est pas d'Hiraklis qu'on parle tout ce temps ? Vous ne savez pas ce qui est arrivé à son fils ? Ils l'ont envoyé à Rhodes pour ses études et il est revenu drogué à mort. L'autre jour il a fait une crise il paraît qu'il a serré le cou à sa mère et failli l'étrangler. On l'a enfermé dans une clinique du côté de Glyfàda et ça leur coûte les yeux de la tête. Eh oui mon vieux. Tout se paye ici. Tout. Depuis le jour de l'enterrement je priais au fond de moi pour qu'il lui arrive quelque chose. Que cette crapule paie pour ce qu'il a fait. Et quand j'ai appris ce qui est arrivé à son fils au début j'étais fou de joie. Mais c'est bizarre. La force de la haine. Des fois je me dis que la haine c'est comme l'air que nous respirons nous qui vivons ici dans les villes. Elle te tue tout doucement mais sans elle tu ne peux pas vivre.

Mihàlis ôte ses lunettes les regarde à la lueur de la bougie et les remet. L'amiral s'est tassé dans son fauteuil la tête basse et fixe ses chaussures. Vàyos se lève et va vers la fenêtre. Il se penche et regarde dehors. Son souffle couvre de buée la vitre.

Il dit, moi en tous cas, je le vois tout le temps avec vous. L'autre jour chez Satanas tu n'étais pas avec lui ?

Je sais, dit Mihàlis. Tout le monde l'évite alors il vient tout le temps à moi. Il fait pitié. Bourré tout le temps. Qu'est-ce que tu as, l'amiral ? Pourquoi tu fais la grimace ? Tu es vexé ?

L'amiral allume une cigarette et souffle la fumée droit sur la flamme de la bougie qui tremble un instant puis se redresse.

Non Mihàlis, qu'il dit. Je suis pas vexé. Je pense à un truc. On parle on parle et plus on parle plus je comprends que ce qui nous lie c'est la peur et la haine. Comment on en est venus là ? D'où ça vient toute cette haine et toute cette peur dis-moi ? Et plus le temps passe plus ça s'aggrave. Moi aussi certains jours je vois des trucs et ça me donne envie de tuer. Je vous jure. J'en ai bavé sur les bateaux drôlement bavé et jamais ça ne m'avait pris. Jamais. Mais maintenant c'est plus fort que moi. J'étouffe, comment dire autrement ? J'étouffe.

Mihàlis regarde Vàyos encore debout à la fenêtre et Vàyos lui cligne de l'œil sans sourire met le doigt sur ses lèvres puis sur sa tempe. Il quitte la fenêtre s'assoit face à l'amiral et remplit les verres. Il boit puis se penche en avant et allume une cigarette à la bougie.

Ça porte malheur, dit l'amiral.

L'autre toujours penché sur la bougie le regarde la cigarette entre les dents. Dans la pénombre son visage se remplit d'ombres bizarres effrayantes.

Ça porte malheur d'allumer une cigarette à une bougie. Sur les bateaux on disait que si on le fait un marin va mourir.

Qu'est-ce que ça peut te foutre ? dit Mihàlis. Maintenant que tu as débarqué.

L'amiral relève la tête et nous regarde comme un malade qui sort du coma et tâche de reconnaître ceux qui l'entourent. Ses yeux troubles comme des vitres pleines de buée.

Puis il se penche et souffle la bougie. La flamme vacille va pour s'éteindre puis se remet droite.

*

Un samedi soir du mois dernier Mao est sorti sur les marches plus tard que d'habitude. Il avait plu toute la journée et la nuit est venue avec du givre, en regardant bien on voyait des vapeurs monter du goudron mouillé comme des souffles glacés – comme s'il y avait là une bête, une créature étrange qui respirait avec mille bouches dans la nuit. À peine sorti il a fait pss pss et le chat a jailli de derrière les cartons entassés devant la quincaillerie de Yòta pour courir vers lui en boitant. Mao a aplati un carton l'a mis sur les marches a posé près de lui ses cigarettes et sa bouteille puis il a pris par la peau du cou le chat qui se frottait à ses pieds la queue en l'air l'a installé sur ses genoux l'a caressé lui a parlé. Et tout était si calme ce soir-là qu'en tendant l'oreille on aurait entendu les gouttes tomber des branches du mûrier le gazouillis de l'eau dans le caniveau la clochette du chat on aurait entendu Mao dire des choses qu'on n'aurait jamais cru entendre dire à un jeune garçon comme Mao. Des choses amères des choses pleines de nostalgie. Lui si jeune – comment peut-il connaître la nostalgie ? Sa voix était si douce et tranquille, plus tranquille que la nuit elle-même, un murmure pareil à celui de l'eau coulant dans le caniveau. En fermant les yeux on aurait senti une paix étrange se répandre en soi tandis que le gazouillis de l'eau se mêlait à la voix de Mao. Car tout le monde le dit, c'est une grande consolation d'entendre une voix humaine dans la nuit. Une grande consolation de savoir que quelqu'un veille parce qu'il a peur – de savoir que quelqu'un fait quelque chose pour chasser la peur.

Seul Mihàlis a vu ce qui s'est passé ce soir-là.

Il était dans le salon et regardait un documentaire sur la fin du monde mais bientôt effrayé par ce qu'il voyait il a éteint la télé mis la radio et s'est versé un whisky. Sa mère était dans la chambre avec ses amies elles écoutaient des chansons à la télé. Elles ont l'habitude de se réunir chez Mihàlis étant veuves elles ont peur de rester seules le soir. Mihàlis se dispute sans arrêt avec sa mère il lui dit qu'elle a fait de leur maison un asile pour veuves mais elle ne veut rien entendre. Quand il a eu fini la bouteille il est allé réveiller les vieilles qui dormaient devant la télé allumée. Il les a ramenées chez elles puis est rentré jeter une couverture sur sa mère puis revenu au salon il a ouvert une nouvelle bouteille s'est déshabillé a allumé une cigarette puis assis à la fenêtre comme chaque soir il a regardé Mao assis sur les marches qui fumait buvait et parlait à son chat.

Il aime être assis la nuit dans l'ombre et regarder Mao. Souvent il a eu envie de prendre une bouteille de whisky et de descendre s'asseoir près de lui sur les marches le bras sur ses épaules caresser sa tête rasée et lui dire de ne plus parler au chat mais à lui. Il a pensé le faire plusieurs fois. Ça lui est complètement égal d'y passer la nuit et d'aller direct au boulot sans dormir après avoir bu. Mais il sait que Mao n'aime pas la compagnie. Et si quelqu'un du quartier le voit ça va jaser. Mieux vaut un œil crevé que mauvaise renommée – pas vrai ? C'est vrai.

Il était trois heures passées quand la Mirafiori s'est pointée. Arrivée par la rue Kỳprou en sens interdit phares éteints elle s'est arrêtée devant chez Mao. Mihàlis a vu les lumières de freins s'allumer la fumée sortir jaune du pot d'échappement. Il a vu le grand scorpion jaune dessiné sur la lunette arrière. Il s'est levé a ouvert la fenêtre. A attendu. Transpercé par l'humidité il a voulu mettre un vêtement – pas le temps. Mao a sauté sur ses pieds et le chat a sauté hors de ses bras avec un miaulement sauvage puis Mao s'est jeté violemment contre la portière du conducteur. La Mirafiori a démarré en trombe les pneus glissant sur le goudron mouillé. Mao a couru derrière. Devant la maison du muet il s'est arrêté a lancé le bras en avant et alors on a entendu le coup de feu – un bang sec étouffé comme une branche qui casse. Puis du verre brisé. La Mirafiori a pris la rue Kastamonis à contresens et a disparu. Mihàlis nu s'est penché au balcon. Il voulait dire quelque chose crier mais rien ne sortait. Il voyait au milieu de la rue Mao le bras tendu les jambes écartées un peu pliées comme un cow-boy. Il s'attendait à voir des lumières s'allumer des portes s'ouvrir des gens sortir en courant mais non, rien. Mao est allé jusqu'au coin de la rue. A regardé des deux côtés. A regardé le ciel caché par la fine brume. Puis il est revenu marchant lentement regardant devant lui ses bottes frappant lourdement le goudron. Grand et très maigre – on aurait dit une ombre sans corps.

Arrivé aux marches il bu à la bouteille et allumé une cigarette. Le chat le regardait depuis une branche du mûrier. Mao l'a appelé mais il n'est pas venu. Une lumière s'est allumée dans la maison. Mao a jeté sa cigarette et s'est mis à courir.

Mihàlis nu s'est penché à la fenêtre et l'a vu disparaître au bout de la rue. La nuit est tombée sur lui comme une ombre immense qui aurait enfin trouvé son corps.

Vrai ou faux c'est ce qu'a dit Mihàlis.

*

Le lendemain matin nous nous sommes réunis chez le muet. Nous étions là une bonne dizaine. Le muet très énervé. La balle avait pulvérisé le pare-brise de sa voiture. Il maudissait avec les mains Mao et la mère de Mao il maudissait sa malchance car il gare toujours sa voiture devant chez lui mais ce soir-là un inconnu avait pris sa place et il avait dû se garer au coin de la rue. Il agitait les mains les yeux exorbités les veines du cou gonflées à éclater. Quelqu'un a maudit tout le quartier parce qu'on n'avait pas prévenu la police et un autre a dit que personne n'avait compris que le bang était un coup de feu – des coups de feu en pleine rue qui aurait pu s'imaginer – alors le premier a dit que nous étions tous des poules mouillées et que s'il avait été là, lui, la veille – il était à un mariage – il l'aurait attrapé le bâtard par la peau du cou et lui aurait fourré son flingue dans le cul. Bientôt ç'a été la panique parce que même les plus calmes ont râlé à cause du muet qui s'agitait qui faisait mmmmm et nnnnn et ils lui ont dit de la boucler de rester dans son coin qu'on voie ce qu'on pouvait faire mais alors le muet s'est énervé encore plus il était tout rouge il a pris un annuaire et cogné sur la table avec. Tout le monde était furieux terrifié. Les uns voulaient aller chez les flics les autres maudissaient la mère de Mao toujours loin de chez elle où ça devient le bordel. Un type a dit que les femmes sont la grande plaie d'aujourd'hui puisque à partir du moment où elles ont fait autre chose que la seule chose qu'elles ont à faire – mettre des enfants au monde et les élever – elles ont foutu en l'air elles-mêmes les enfants les hommes le monde entier. Tous disaient qu'il fallait se bouger parce qu'un petit con drogué qui se balade avec un flingue dans le quartier on n'a jamais vu ça et si on laisse faire demain ou après-demain il descendra dans la rue pour buter le premier venu. Alors Hiraklis le barbu qui a un stand au marché a demandé qui voulait l'accompagner chez Mao lui flanquer la raclée de sa vie mais quelqu'un a dit que Mao était introuvable depuis la veille au soir. Tout le monde était furieux terrifié. Puis Mihàlis est intervenu disant qu'il ne fallait pas pousser qu'il fallait trouver moyen d'arranger les choses. Il a dit que Mao était le gardien du quartier et que beaucoup de gens étaient enfin tranquilles sachant que quelqu'un veille la nuit sur le quartier. Il a dit aussi n'oublions pas ce qui est arrivé à sa sœur. N'oublions pas que ces voyous de

Korydallos lui ont promis de venir un soir et de faire du mal à sa mère et à sa petite sœur.

Ça va pas la tête ? s'est écrié Vàyos. Enfin Mihàlis, parce que des mecs ont baisé sa sœur il faut maintenant qu'il nous baise, nous ? Je t'en supplie arrête de le défendre.

Enfin les gars, a dit Hiraklis. Qu'est-ce qu'on en sait après tout ? Qu'est-ce qu'on en sait si tout s'est vraiment passé comme ça ? Moi je vous dis que ce petit connard s'est fourré dans une affaire de drogue et c'est pour ça qu'ils sont après lui. C'est sûr. C'est sûr aussi que cette petite pute a trempé là-dedans et c'est pour ça qu'elle s'est taillée. La mère est dans le coup elle aussi et les couvre. Et toi qui en fais notre gardien. Gardien mes couilles. Tu voudrais nous en faire un héros de ce petit drogué ?

Ils ont fini par se mettre d'accord pour que Mihàlis et cet Hiraklis aillent coincer la mère de Mao et voir ce qu'on pouvait en tirer. D'accord aussi ceux qui au début voulaient qu'on aille chez les flics, quelqu'un ayant dit que si on appelait les flics Mao et les types de Korydallos pouvaient nous tomber dessus et là on était mal barrés – c'est dangereux ces affaires-là ça ne rigole pas. Mieux valait se débrouiller seuls sans les flics.

C'est ce qu'on a fait. Mais la mère de Mao a dit qu'elle ne savait pas où Mao se trouvait. Et qu'elle était folle de peur qu'il risquait de faire une connerie avec son arme. Qu'elle ne savait pas quelle arme c'était ni où Mao l'avait trouvée. Elle ne savait rien.

Les autres veulent aller chez les flics, a dit Mihàlis. On s'est battus pour les empêcher.

Je sais, a dit la femme. Ils peuvent y aller. Moi aussi. Je ne vois pas quoi faire d'autre.

Puis elle a dit qu'elle avait parlé au patron de Mao au Lido et qu'il lui avait promis d'essayer de le retrouver. Il lui avait dit d'attendre jusqu'à l'après-midi. N'aie pas peur, qu'il avait dit. Laisse-moi faire. Je sais où le dénicher.

D'accord, a dit Hiraklis. Mais il y a le muet. Tu sais que ton grand garçon a foutu son pare-brise en l'air ? Qu'est-ce qu'on fait avec lui ? Qui va le rembourser ?

Elle les a regardés puis s'est effondrée sur une chaise en pleurant. Tout son corps tremblait, souffle coupé. Sa fille Thomaé s'est approchée l'a prise dans ses bras lui a essuyé les yeux de force avec sa manche de pyjama. Puis la mère de Mao s'est levée a ouvert un tiroir et sorti un billet de cinquante euros.

C'est quoi ça ? a dit Hiraklis. Cinquante euros. Tu veux qu'on en fasse quoi ? Pour cinquante euros on ne peut même pas se payer un essuie-glace.

J'ai rien d'autre, qu'elle a dit. Je vais me débrouiller dans la semaine. C'est tout ce que j'ai.

Bon, bon, a dit Mihàlis.

Ah ça non, l'a coupé Hiraklis. Elle va s'en tirer avec cinquante euros ? Hier au soir on a failli avoir des morts. Pas question.

J'ai rien d'autre, a répété la femme. Prenez ça et laissez-moi avec mon chagrin. Où est mon fils ? Mon Mao ? Pourquoi vous n'allez pas le chercher ? Vous en avez fait quoi ? Où il est mon Mao ?

La fille qui pendant ce temps les regardait en silence est sortie puis revenant avec l'accordéon elle s'est tournée vers Mihàlis.

Prenez-le, qu'elle a dit. Il est allemand. Il coûte plus de mille euros. Prenez-le et laissez-nous tranquilles.

La mère a regardé la fille puis les hommes. Elle semblait ne pas comprendre. Elle hochait la tête comme une poupée cassée. Son chemisier avait glissé sur son épaule et on voyait la bretelle du soutien-gorge. Rose.

On s'en va, a dit Mihàlis, et il a attrapé l'autre par le bras. On s'en va je te dis. Bouge-toi.

Hiraklis a avancé la main vers l'accordéon et appuyé sur un bouton noir. On n'a rien entendu. La fille s'est recroquevillée a reculé. Ses épaules tremblaient ses joues étaient toutes rouges.

C'est pas fini, a dit Hiraklis. N'espérez pas vous en tirer comme ça. Et dis à ton grand garçon que je l'attends. Dis-le lui de la part d'Hiraklis. Je l'attends. Ça ne va pas se passer comme ça vous entendez ? Moi on ne marche pas sur les pieds.

Une fois dehors ils ont allumé une cigarette. Le vent soufflait et ils ont dû aspirer plusieurs fois pour que leurs cigarettes s'allument bien.

Tu as remarqué ? a demandé Hiraklis.

Quoi donc ?

Sa bouche, tiens. Elle puait à un kilomètre. À cause des pipes. Ça me rappelle une copine que j'avais dans le temps à Keratsìni. Sacrée baiseuse mon vieux. Elle ne laissait pas les bites ramollir. Celle-là, pareil.

Il s'est retourné vers la maison.

Mais la petite est bien. Un petit agneau. À s'en lécher les doigts.

Avec le muet qu'est-ce qu'on fait ? a dit Mihàlis.

On l'emmerde le chialeur. La petite on va voir ce qu'on va en faire. Ah ce qu'elle me botte mon vieux. Enfin. On verra. On va boire un ouzo chez Satanas ? C'est moi qui paye.

*

Mao est introuvable depuis ce week-end. Personne ne sait ce qu'il est devenu. Sa mère et sa sœur ça fait longtemps qu'on ne les voit plus dans le quartier. Mihàlis est passé une ou deux fois chez elles et n'a trouvé personne. Il dit qu'elles ont peut-être rejoint Katerìna sur cette île. Ou qu'elles habitent ailleurs en attendant qu'on oublie cette histoire. Qui sait ?

Entretemps il y a du nouveau dans le quartier. La semaine dernière la municipalité a distribué ces grandes bennes bleues pour le recyclage une au coin de chaque rue avec des brochures et des sacs spéciaux pour les papiers et les conserves qu'ils disent. Le progrès. Et jeudi soir on était chez Satanas quand l'amiral est venu nous demander si on savait ce qui est arrivé à Sofrònis, celui qui habite à côté de l'école.

Non, a dit Vàyos. Il est mort ?

Il a pété les plombs le malheureux, a dit l'amiral. Hier soir mon fils rentrait du boulot et il tombe sur lui en train de se démener pour se glisser dans la poubelle du recyclage. Il est arrivé juste à temps. Qu'est-ce que tu fais là mon vieux Tàssos ? qu'il lui dit. Tu es devenu fou ? Tu veux aller dans les ordures ? Et l'autre qu'est-ce qu'il lui dit ? Laisse-moi Stèfanos. Laisse-moi s'il te plaît. L'homme qui laisse mourir sa femme sans l'aider faut le jeter aux ordures. Laisse-les m'emmener pour me recycler je deviendrai peut-être meilleur. Écoutez les gars. Écoutez ce qui se passe dans le monde. Mon fils a eu un mal fou à le calmer. Après ça il paraît qu'il s'est assis dans un coin en riant tout seul comme un malade. On ne va pas bien du tout. Voilà ce que j'ai à dire. On ne va pas bien du tout.

Je m'en souviens de sa femme, a dit Mihàlis. Elle en a bavé longtemps entre l'hosto et les médecins. C'est pas la .... qu'elle avait ? Je m'en souviens.

L'amiral a commandé un pichet de vin et du tsìpouro pour nous. Il s'est mis à parler de Sofrònis et de sa femme puis voyant que personne ne le questionnait il s'est arrêté. Personne ne parlait. Dehors ça soufflait on entendait les vitres grincer le vent siffler dans les interstices. C'était presque onze heures. Satanas a éteint la télé puis s'est remis derrière son comptoir à nous regarder.

Demain je vais chercher le petit à la clinique, a dit Hiraklis. Ils nous ont dit de l'emmener en balade là ce week-end. Il paraît que ça lui fera du bien. Pour oublier le manque. Mais sa mère a peur et elle ne veut pas venir. Elle ne veut pas que j'y aille non plus. Elle a peur. Et moi je sais pas quoi faire.

Quel âge il a ? a demandé Vàyos.

Vingt. Bientôt vingt-et-un.

Pas de balade. Envoie-le chez une Russe. C'est comme ça qu'il oubliera le manque.

Mon fils à moi sera licencié à la fin du mois, a dit l'amiral. On les a prévenus hier. Mais je lui ai dit.

Attention je lui ai dit. Attention de ne pas perdre la foi. Ne leur fais pas ce plaisir de perdre la foi. La foi il faut la garder. La garder même si Dieu n'existe pas. Ta foi c'est Dieu. Voilà ce que je lui ai dit. Mais ça lui a flanqué un sacré coup. Hier soir je l'ai trouvé en train de fumer sur le balcon. Et de le voir là penché sur la rambarde je ne sais pas. Ça m'a glacé le sang. Je me suis assis dans le noir et je le regardais j'avais le cœur qui tremblait.

Hiraklis a éteint sa cigarette et s'est levé.

J'y vais, qu'il a dit. Faut que je me lève tôt.

En partant son pied a heurté une chaise qui est tombée. Il ne s'est même pas retourné.

L'amiral a vidé son verre et l'a rempli. Ses mains tremblaient. À travers la vitre il a regardé Hiraklis penché contre une voiture qui s'efforçait d'allumer une cigarette. Il a bu puis a baissé la tête fermé les yeux et s'est mis à parler les yeux fermés.

Moi je crois encore, qu'il a dit. Je crois pour de vrai. Ces derniers temps dans mon lit je me fais des histoires. Comme quoi j'ai trouvé une potion magique elle me rend invisible et je pique l'argent des banques pour le distribuer aux gens. Moi j'ai acheté une grande propriété sur une hauteur près de la mer et je construis une maison pour se la couler douce. Toute en pierre et en bois. Je lui ai donné le nom de ma femme. Villa Constandìa. Et je mets cinq ou six autres maisons en pierre elles aussi j'en donne une à chacun et on vit tous là-bas comme des rois. Ma fille s'occupe du jardin des arbres des fleurs. L'intendant c'est mon fils. Intendant avec le fils d'Hiraklis et Mao. Je leur donne un bon salaire une bonne bagnole chacun et ils sont très contents. La mère de Mao et sa grande sœur je les ai nommées disons responsables de la cuisine. Elles font les courses et décident pour les menus. L'autre la petite je la garde pour nous jouer de la musique le soir quand on mange et qu'on fait la fête. Eh oui. J'ai pensé à tout. Jusqu'au moindre détail. Et sur cette propriété j'ai construit encore d'autres trucs. J'ai construit un grand rez-de-chaussée en pierre avec des baies vitrées tout autour. Dedans j'ai une piscine de celles qu'on peut chauffer. Tu nages l'hiver dans l'eau chaude et en regardant dehors par les baies vitrées tu vois qu'il pleut et qu'il neige. Ça c'est beau. C'est beau. J'ai aussi construit un autre bâtiment mais en hauteur un genre de tour qui a des vitres tout autour elle aussi. C'est là qu'on fait la fête. Par terre c'est du parquet et j'ai mis une table grande comme d'ici jusque là-bas pour trente ou quarante personnes à l'aise. Il y a une cheminée une piste de danse. J'ai mis la meilleure chaîne stéréo mais c'est pas la peine puisque Thomaé la petite nous jouera de la musique. Et puis j'ai un ordinateur spécial que quand j'appuie le toit s'ouvre en deux et les vitres descendent. C'est pour l'été tu comprends qu'on n'ait pas trop chaud même si j'ai mis la meilleure clim. Les soirs d'été tu vois on se réunit là-haut on boit on mange tant qu'on veut on danse jusqu'au matin. Et moi je suis assis dans un coin je vous regarde faire la fête et je suis content même si en moi quelque chose me brûle. Parce que vous ne savez pas. Vous croyez que j'ai gagné des millions à la loterie ou au loto. C'est ce que je vous ai dit. Vous ne savez pas que j'ai trouvé une potion magique pour devenir invisible et que je pique l'argent des banques sans qu'on me voie. Vous ne savez pas non plus qu'à chaque fois que je prends la potion magique je perds une année de vie. C'est ça le pacte. À chaque fois une année de vie. Mais vous n'en savez rien. Et je ne vous laisse pas deviner. On trinque et vous me criez à la tienne l'amiral et longue vie à toi et à ta smala. Et moi dans mon coin je vous regarde et je suis très content. Je regarde les amis qui font la fête et je suis content. Je regarde autour de moi tout ce que j'ai construit et je dis bien joué. Quand la fête est finie que vous allez tous dormir je descends à la plage et je reste assis à regarder la mer pendant des heures. Et là je suis malheureux comme jamais parce que j'ai déjà bu la potion plein de fois et la fin n'est plus bien loin. Je me dis alors que ce que j'ai fait là c'est une honte. Mais je ne regrette pas. Non. Parce que j'ai vu vos visages et je sais. Je sais que par moments le bien ne suit pas la même route que la vérité. Je sais que par moments le bien est au-dessus de la vérité. Je sais.

Il s'arrêta mais sans ouvrir les yeux. Ses joues avaient jauni. Vàyos nous a regardés a serré les lèvres et hoché la tête. Il a mis de côté le verre posé devant l'amiral et fait signe à Satanas. Satanas est sorti de derrière son bar a redressé la chaise renversée par Hiraklis puis est venu vers nous. Il rongeait une côtelette.

Vous n'avez rien de mieux à faire chaque soir bande de glandeurs ? qu'il a dit. Vous n'avez pas de maison ?

L'amiral a sursauté relevé la tête. Il clignait des yeux comme une bête effrayée.

Apporte encore un pichet, qu'il a dit. Et pour les autres ce qu'ils veulent. Et des amuse-gueule.

Satanas a jeté l'os sur la table a renâclé s'est appuyé lourdement sur la chaise de l'amiral.

Ces messieurs désirent ? qu'il a dit. Nous avons des couilles d'anchois farcies au riz sauvage et du crocodile aux quatre fromages frits. Ou bien préférez-vous un petit dessert ? J'ai préparé une glace au mastic et au lait de kangourou avec sirop de fruits des bois.

Il nous a regardés nous puis l'amiral qui avait de nouveau baissé la tête. Il l'a pris sous les bras et l'a brutalement soulevé.

Emmène-le et tirez-vous, qu'il a dit à Vàyos. Allez. Filez. Filez j'ai dit.

À la porte il nous a appelés on s'est retournés.

Et vous savez quoi ? Faites-moi venir moi aussi une fois dans la propriété qu'on fasse la fête, d'accord ? Que je me baigne dans la piscine. Salut à toi Pavlàkos pilleur invisible des banques. J'attends que tu m'invites, d'accord ? Regarde-moi ça. Regarde-moi ces têtes de nœud qui veulent des villas et des piscines. Bande de guignols. Guignols de chez guignol.

*

Hier matin nous avons trouvé le chat de Mao pendu au mûrier devant chez lui. On l'avait attaché par les pattes de derrière avec un câble et jeté du sel dans ses yeux. Il était couvert de sang. Il s'était crevé les yeux avec ses griffes. Quand on l'a retrouvé le sang avait séché sur le trottoir et les mouches avaient mangé la moitié de la tête. Ça puait partout.

On est restés autour à le regarder. Seul le muet a tenté de dire quelque chose avec les mains mais voyant qu'on ne le regardait pas il est parti.

Mihàlis a détaché le chat l'a enveloppé dans un journal puis est allé le jeter devant l'église Ossìa Xèni.

Quand nous nous sommes dispersés la mère de Mihàlis est venue avec un seau et un balai pour nettoyer le sang. Elle parlait toute seule et s'essuyait les yeux avec sa manche.

Pauvre Mao, disait-elle. Mon Dieu qu'est-ce qu'ils t'ont fait ces sales types. Mon grand garçon. Pauvre Mao.

Et un œuf Kinder pour le petit

La faim l'a réveillé. Il avait eu mal au ventre toute la nuit. Son fils était là. Il dormait à côté de lui dans le lit la bouche entrouverte en serrant de ses petits doigts la couverture comme s'il s'était endormi avec la peur qu'on la lui prenne. Il s'est retourné lentement, s'est appuyé sur le coude et l'a regardé. Il ne lui ressemblait pas du tout. Pas du tout. D'abord il était blond. Pas blond-blond mais blond. Très beau, le visage fin et les yeux de la couleur du ciel quand souffle le vent du nord. Un petit grain de beauté sous l'œil droit. Dans l'obscurité le duvet blond luisant près de son oreille comme si l'avait caressé toute la nuit une main trempée dans de la poudre d'or. Si beau que de le voir on avait le cœur serré. Il n'était pas rassasié de le regarder, il le regardait et oubliait la faim. Quand il grandira. Quand il grandira il me regardera et demandera pourquoi je lui ai donné naissance pourquoi c'est moi son père pourquoi il a grandi là pourquoi il dormait dans ce lit. Pourquoi. Pourquoi.

Il a fermé les yeux. La douleur de nouveau. Il sentait quelque chose remuer dans son ventre comme s'il y avait un être vivant dedans.

Papa ?

L'enfant avait ouvert les yeux et le regardait d'un œil vague.

Papa faut qu'on mange. Nos estomacs gargouillent.

Il a levé la tête de l'oreiller, du blanc luisant au coin des lèvres. Du lait. Non, ce n'était pas du lait. Mais de la salive séchée.

Dors. Il est encore tôt. Il lui a caressé les cheveux, s'est forcé à sourire. Je vais sortir. Tu m'entends ? Je ne veux pas que tu aies peur. Je reviens dans un moment. Quand tu te réveilleras la table sera mise et on mangera jusqu'au lundi de Pâques. D'accord ? Salut.

L'enfant a fermé les yeux, s'est léché les lèvres, a dit j'ai faim, puis a fermé les yeux plus encore et n'a plus rien dit.

*

Monsieur, a dit la fille. Vous pouvez mettre la couronne sur la tête à notre Jésus ?

*

Il marchait depuis midi dans les rues, le soir approchait et il marchait toujours. Nìkea Neàpoli Korydallos Nìkea Neàpoli Korydallos – il tournait en rond comme une bête en cage comme ce loup qu'il avait vu un jour dans son enfance courant derrière les barreaux dans un zoo et après il avait pleuré toute la nuit de penser à lui maigre comme un clou sale et pelé courant sans arrêt dans sa cage le regard fou. Il avait interrogé son père qui avait dit que le loup courait ainsi parce que le loup est né pour courir et qu'enfermer un loup dans une cage c'est comme le tuer. Il avait demandé à son père s'il pouvait faire quelque chose, ouvrir la cage, laisser le loup partir et son père l'avait regardé dans les yeux un moment – un pareil regard de son père c'était la seule fois dont il se souvenait – il allait parler mais n'avait rien dit.

Il avait pleuré bien des nuits à cause du loup. Bien des nuits et plusieurs jours.

Jeudi Saint, le vent soufflait, empoisonné, les arbres s'agitaient dans le vent comme secoués par une main énorme et invisible. Il marchait et pensait à l'enfant qui devait être réveillé depuis des heures, assis à la table de la cuisine les bras croisés rêvant les yeux ouverts à une table chargée de victuailles. Il marchait et se demandait où trouver de l'argent, un peu d'argent, juste de quoi passer la nuit. Il marchait pour passer le temps – à dix heures il avait rendez-vous avec sa fille au port. Elle arrivait de Thessalonique et prendrait le bateau de Rhodes pour passer Pâques avec sa mère. Il n'avait pas vu sa fille depuis deux ans et comptait lui demander de l'argent. Cinquante euros. Cinquante euros c'était bien. Des pâtes un peu de fromage du pain du lait. Des bières. Du ketchup, le petit aimait ça. Et un œuf en chocolat, de ces petits Kinder – c'était bientôt Pâques.

Cinquante euros c'était bien. Il se demanda comment sa fille le regarderait quand il demanderait l'argent, ce qu'elle lui dirait, ce qu'elle dirait en arrivant à Rhodes. Elles en parleraient pendant des jours. Je ne peux pas y croire, maman. Il m'a demandé cinquante euros il m'a dit qu'il n'avait pas un sou et rien à manger.

Il marchait et se sentait rougir de honte il sentait la faim et la honte le ronger à l'intérieur comme des rats affamés.

Cinquante euros – il l'a dit tout haut et une passante l'a regardé, effrayée.

Cinquante euros c'est bien.

Avec cinquante euros on fêtera Pâques.

*

Monsieur, a dit la fille. Vous pouvez mettre la couronne sur la tête à notre Jésus ?

*

Ils étaient quatre-vingt-cinq à rester sans travail quand l'usine Roter à Rentis a fermé. Femmes et hommes. Jeunes, vieux, intérimaires. Au début il courait partout avec les autres – ministères, partis, manifs, meetings. Slogans, banderoles, poings levés, voix enrouées. Colère, peur, angoisse. Le pire, c'était ce qu'on disait, les rumeurs, les mensonges. D'abord on te portait aux nues, puis on te coupait les jambes, on te cassait, on te massacrait. C'était ça le pire. Les rumeurs et les mensonges. Puis, fatigué, désespéré, il s'est mis à chercher pour lui à droite à gauche. Puis on a leur a dit qu'ils seraient tous embauchés dans les municipalités voisines à temps partiel. Il s'est réjoui, a repris courage et dit à l'enfant n'aie pas peur, tout va s'arranger, tu vas voir, aie confiance en ton père. Des semaines ont passé. Puis on leur a dit pour le partage.

On avait fait un partage, disait-on. On avait réparti les places dans les municipalités. Ceux du PC à Kokkinia, ceux du PASOK à Korydallos et Keratsìni, ceux de droite partout. Tout le monde a été casé. Tous sauf lui et cinq ou six autres qui ne savaient pas. Qui avaient été pris de court. Qui n'étaient ni rouges ni verts ni bleus. Tout s'est passé tranquillement, simplement, gentiment. Et lui n'y a vu que du feu.

Lui et cinq ou six autres.

Ils nous ont vendus, qu'on lui a dit. Tu as compris, pauvre couillon ? Oui, nos collègues. Nos compagnons de lutte. Ils nous ont vendus.

Ça, c'était en février. Le dernier dimanche avant le carême on a fait une grande fête dans les bureaux de la fédération. Tout le monde est venu avec des plats faits à la maison, des gâteaux, du vin, de la bière. Trois ou quatre types se sont pointés avec bouzoukis et guitares pour danser et chanter. On a accroché des banderoles aux murs. Ce n'est qu'un début, continuons le combat. Vive la lutte des classes. Unité, solidarité. Voilà ce qu'ils accrochaient aux murs. Il y est allé lui aussi, dans les premiers, s'est assis loin des autres et s'est mis à boire. Il les regardait manger des cornichons, des œufs durs, des feuilletés au fromage, aux épinards. Ils mangeaient dans des barquettes en alu, buvaient du vin dans des bouteilles de coca et de soda. Ils trinquaient dans des gobelets en plastique, riaient, frappaient dans leurs mains et dansaient sur « Evdokìa » et « L'aigle sans ailes ». Il les regardait, plein de peur, de haine, de jalousie. Il les regardait sans le vouloir. Comme s'il était un mort qui ressuscitait provisoirement, qu'on avait laissé retourner parmi les vivants un instant, invisible, et qu'on rattraperait ensuite – affreux châtiment.

Puis, quand il a eu beaucoup bu et qu'il a cessé d'avoir peur, il s'est levé il a parlé d'une voix forte. Il a dit des choses qu'il voulait dire depuis longtemps – depuis des mois et des années. Il a dit des choses à quoi il avait pensé souvent et d'autres à quoi il n'avait jamais pensé. Par moments il lui semblait que la voix qui parlait n'était pas sa voix, que l'homme qui parlait n'était pas lui. Au début les gens l'ont regardé avec étonnement. Puis l'étonnement est devenu pitié. Certains rigolaient. D'autres mangeaient. D'autres ont repoussé leur chaise et sont sortis. Par moments sa voix se brisait, ses yeux le brûlaient, une boule montait dans sa gorge. Par moments il s'est vu face à lui en train de s'écouter, hochant la tête avec compassion. Pour finir quelqu'un lui a crié de la fermer ou de se tailler de là – dehors les brutes apolitiques, dehors les provocateurs. Quelqu'un l'a pris par le bras et lui a dit assieds-toi. Calme-toi et assieds-toi. Tout de suite. Il s'est assis. Puis se levant d'un bond s'est étalé emportant tables chaises verres et gens et tandis qu'il tombait le temps s'est arrêté en lui il lui semblait tomber très lentement du ciel et il a vu le carrelage par terre comme si c'était la terre qui d'en haut semblait si belle – montagnes, rivières, prairies – et son cœur s'est gonflé de toute cette beauté qu'il voyait et il riait il criait de joie.

Puis quelqu'un lui a flanqué un grand coup sur la tête et il s'est écroulé d'un coup par terre.

*

Monsieur, a dit la fille. Vous pouvez mettre la couronne sur la tête à notre Jésus ?

*

Au coin des rues Kondỳli et Efèsou il s'est arrêté devant la pâtisserie Anemòni et a regardé dans la vitrine les grands œufs et les petits lapins en chocolat les brioches couvertes de chocolat noir et d'amandes effilées. Son cœur tremblait plus encore que ses jambes. Il est resté devant la vitrine à contempler les brioches noires et sa bouche s'est remplie de salive. Quand il aurait les cinquante euros de sa fille il pourrait supprimer autre chose dans ses achats – le fromage par exemple – et se payer une brioche au chocolat. L'enfant serait sûrement ravi, il adorait le chocolat. Lui cependant tremblait de désir en regardant ces friandises luisant dans la vitrine éclairée qui semblaient si tentantes fraîches moelleuses et savoureuses. À quoi tient la joie d'un homme, il s'est dit. Une brioche au chocolat.

Reprenant la rue Kondỳli il est descendu vers le pont. Le vent soufflait plus fort encore. Des femmes en noir marchaient sur le trottoir penchées en avant et retenant les pans de leurs habits agités par le vent. Les cloches sonnaient lourdes funèbres et cela l'étonnait sachant qu'il n'y avait pas d'église dans le coin, il s'est arrêté un instant machinalement, a levé les yeux et failli se signer – mais s'est repris aussitôt. Il avançait la tête basse en regardant ses bottes pleines de terre et de boue qui semblaient des petites bêtes noires à peine sorties d'on ne savait quel souterrain. Il a tourné à droite dans la rue Antokhìas jusqu'à la rue Grevenon puis encore à droite et regardé le bâtiment de la mairie haut et gris en se disant qu'il paraîtrait bien petit vu d'en haut. Il s'est arrêté devant la banque nationale a sorti sa carte de son portefeuille l'a glissée dans la machine a pressé les boutons fermé un instant les yeux et s'est dit qu'il était comme qui dirait un fidèle qui priait en ce soir du Jeudi Saint devant l'icône du Christ crucifié puis il a rouvert les yeux a vu sur l'écran un bonhomme qui le regardait en levant les bras – désolés nous ne pouvons pas satisfaire votre demande – et reprenant sa carte il l'a remise dans son portefeuille noir vide et s'en est allé.

Il a traversé rejoignant la rue Tsaldàri et retenant son souffle devant le marchand de brochettes – Kebab Égyptien – puis tournant à gauche s'est arrêté devant le supermarché Galaxìas où voyant les gens qui se servaient ou attendaient aux caisses il a été pris de vertige de panique aussi à l'idée qu'à dix heures après son rendez-vous avec sa fille les magasins seraient fermés alors où acheter des pâtes du fromage du lait et un œuf Kinder pour le petit et voyant dans la vitrine la pancarte des heures d'ouverture il a lu que ce soir-là les supermarchés fermaient à neuf heures et sa panique empirant il s'est appuyé contre une voiture garée là et il s'est dit du calme trois fois comme s'il priait – du calme du calme du calme – puis il est allé se planter au coin de la rue près d'un oranger amer sans oranges a cueilli une feuille poussiéreuse l'a frottée entre ses doigts a humé ses doigts pour se remettre mais ses doigts sentaient la poussière la sueur la peur.

Puis le vent a soufflé brusquement un sac à ordures noir s'envolant du trottoir est venu se coller à ses pieds ce qui l'a terrifié un instant comme si ce qui collait à lui était un serpent noir puis il a agité les pieds donné des coups de pied en l'air pour se débarrasser du sac il agitait les pieds et les mains et sur le trottoir d'en face une vieille qui passait s'est arrêtée l'a regardé hochant tristement la tête et se signant – Jeudi Saint en fin d'après-midi et le vent du nord soufflait et le ciel avait la couleur des yeux de l'enfant qui attendait maintenant depuis des heures dans la cuisine rêvant les yeux ouverts à une table chargée de victuailles. Ce n'était pas l'hiver, il n'avait pas neigé, pour qu'il puisse sortir et casser un glaçon un de ceux qui pendaient du toit et le sucer pour tromper sa faim. C'était le printemps et il n'avait pas neigé depuis dix ans dans le coin.

*

Monsieur, a dit la fille. Vous pouvez mettre la couronne sur la tête à notre Jésus ?

*

Quand il est arrivé sur le quai la pendule à la proue du bateau indiquait neuf heures moins dix et quand il a éteint sa dernière cigarette il était dix heures dix et sa fille n'arrivait toujours pas. Il s'est levé de son banc a fait le tour des voitures qui faisaient la queue pour monter dans le bateau puis a marché entre les voitures en regardant conducteurs et passagers. Il a regardé les gens qui embarquaient par la rampe et les quelques passagers appuyés au bastingage à l'arrière, à gauche et à droite du mât du drapeau, dominant les autres passagers les voitures et les camions.

À dix heures vingt-cinq il a demandé à un type en T-shirt blanc avec BLUE STAR 2 écrit en lettres bleues s'il pouvait monter à bord.

À onze heures moins vingt il s'est fait offrir une cigarette par un camionneur et l'a fumée en regardant les étoiles qui tremblotaient dans le ciel et en disant des choses sur sa fille. Des choses grossières, vulgaires. Des choses qu'il n'avait jamais dites et dont il ne savait pas qu'un père pouvait les dire de sa fille.

À onze heures dix le bateau a largué les amarres s'est écarté du quai en gémissant et sa fumée a craché une fumée noire. Il est resté debout jusqu'à ce que les feux du bateau deviennent un point lumineux au loin. Puis au moment de s'en aller voyant quelque chose sur un banc il s'est approché. Un coca avec une paille dedans, un feuilleté au fromage entamé. Il a regardé autour de lui, a pris le feuilleté. L'a humé.

Puis l'enveloppant dans son papier il l'a mis dans sa poche.

Sorti par la porte E1 il a pris le chemin du retour marchant tantôt sur la chaussée tantôt sur le trottoir et passant sous le pont il a vu une phrase bombée sur le mur à la peinture noire – le Noir quand tu le tabasses tu abîmes tes godasses – puis les lumières d'un camion qui roulait lentement vers lui et il s'est dit qu'il fallait peut-être se jeter au milieu de la rue et ne plus bouger et laisser le camion lui passer dessus pour en finir avec tout ça une bonne fois puis il a reculé collant le dos au mur a parlé à son corps comme si le corps était le chien et lui le maître et il est resté le dos collé au mur jusqu'à ce que le camion passe et s'éloigne.

Puis il a pensé à l'enfant. Il a pensé qu'on lui donnerait les vêtements de son père et qu'il les prendrait les caresserait les larmes aux yeux et en les caressant il toucherait quelque chose de dur et en ouvrant la poche du blouson il trouverait un feuilleté entamé. Ce serait si ridicule tout ça. Si ridicule.

*

À minuit passé il remontait la rue Kýprou sur le trottoir de gauche et en arrivant à Sainte Xèni il a regardé l'église de l'autre côté a vu de la lumière et des ombres derrière la vitre de l'entrée a traversé a passé la porte.

Six ou sept femmes en noir et une fille dans les onze ans décoraient de fleurs le catafalque du Christ. Debout autour du cercueil elles choisissaient des fleurs dans de grands bouquets, coupaient leurs tiges et les fixaient sur les panneaux. Des marguerites. Des roses. D'autres fleurs sont il ne savait pas le nom.

Elles l'ont regardé à son entrée, le regardaient encore quand il s'est assis sur une chaise a joint les mains sur sa poitrine et humé l'air qui sentait l'encens et l'haleine humaine. Il a levé les yeux très haut sans relever la tête et regardé l'énorme figure qui le regardait là-haut dans la coupole les autres figures peintes sur les murs les rubans mauves les icônes les cierges qui brûlaient et fondaient et penchaient dans le vide comme des corps fatigués qui cherchent un appui.

À côté du catafalque il y avait la croix. Une grande croix en bois brun sombre. Le Christ aux yeux fermés la tête penchée à droite. Les coudes et les genoux fléchis. Les clous plantés dans les mains sanglantes. Une plaie sur le flanc droit sanglante elle aussi. Il a penché la tête de côté, fermé les yeux puis les a rouverts et regardé encore le crucifié. Comme il était tranquille. Serein. Abandonné.

Il a regardé à nouveau les femmes. Il allait leur demander de l'argent. Bien sûr. Leur demander un peu d'argent. Cinq ou dix euros chacune. Ce qu'il vous plaira. Pour que je nourrisse l'enfant. Ce qu'il vous plaira. Joyeuses Pâques. Elles ne pouvaient pas refuser. Pas pour moi. Pour l'enfant.

Monsieur, a dit la fille. Vous pouvez mettre la couronne sur la tête à notre Jésus ?

Elle était venue vers lui et le regardait. Onze-douze ans. Grands yeux, lèvres épaisses, un duvet blond sur ses joues. Il a tendu la main pour caresser le duvet de ses joues et la fille a regardé la main a pris son pouce et l'a serré entre ses doigts.

C'est trop haut pour nous, elle a dit.

La couronne était sur une table. Il a pensé que c'était une couronne de fleurs mais non. Elle était faite d'une plante épineuse et à la lueur du lustre et des cierges dans l'ombre la couronne ressemblait au squelette d'un être étrange et infâme qui avait crevé sur cette table des années plus tôt.

Il a traîné une chaise devant la croix pris la couronne d'épines avec le plus grand soin est monté sur la chaise levant les bras pour accrocher la couronne tout en haut de la croix. Les femmes et la fille le regardaient. Il s'est tourné vers elles et a souri.

Il a dit, que feriez-vous sans moi ? J'espère que vous me donnerez quelque chose pour ma peine, et il a ri.

La couronne étant étroite il a dû la pousser vers bas et a senti les épines se planter dans ses mains mais il n'avait pas mal. Il regardait le visage du Christ à la même hauteur que le sien. Tranquille. Serein. Abandonné.

Il a dit, bien sûr. Tu sais que tu vas ressusciter. La mort n'existe pas. Rien n'existe. Du théâtre, tout ça.

La première victoire du mal c'est quand il commence à parler ta langue – il a dit ça pris de terreur se sachant incapable de penser et de dire une chose pareille. Il a regardé le crucifié, a regardé autour de lui. Qui avait parlé ? Qui ?

Il a trébuché sur la chaise, a failli tomber. Une femme a crié. Il a regardé ses mains. Elles étaient pleines de petites gouttes de sang toutes rondes. Comme si ses mains étaient des thermomètres cassés, des thermomètres qui mesuraient la température, en guise de mercure, avec du sang.

Il a montré ses mains aux femmes.

Il a dit, voilà. Voyez ce qui m'arrive. Maintenant il faut absolument me donner quelque chose pour ma peine.

Les femmes laissant tomber fleurs et ciseaux ont couru vers la porte. L'une d'elles a saisi son sac à main accroché au dos d'une chaise et l'a serré sur sa poitrine comme un bébé. Une autre a pris la fille par le bras et l'a fait sortir en la poussant. Elles sont toutes sorties sans regarder en arrière.

Non, ne partez pas, criait-il. Attendez. Non !

Il a fait un pas en l'air est tombé par terre a entendu quelque chose qui se cassait et n'a plus bougé.

Attendez.

Dehors le vent faiblissait et les nuages au ciel ne bougeaient plus.

C'était l'aube du Vendredi Saint.

L'enfant s'était endormi sans manger sur la table de la cuisine.

Il y avait une boule dans la gorge du jour.

D'un moment à l'autre il allait pleuvoir.

Pancarte sur manche à balai

À l'aube le ciel s'est rempli de petits nuages éparpillés comme s'il y avait eu là-haut une explosion terrible. Yànnis Englèzos s'est regardé dans le miroir s'est lavé à l'eau froide peigné avec les doigts regardé dans le miroir pincé les joues pour qu'elles rougissent. Il avait passé quatre jours sans dormir quatre jours entiers sans fermer l'œil et maintenant dans le jour obscur et la maison glaciale il a senti quelque chose en lui devenir tout petit, se recroqueviller se dessécher noircir comme un grain de poivre.

Il était magasinier au supermarché Galaxìas, le premier ouvert à Nìkea.

Menteur, il a dit au miroir. Menteur trouillard.

Ses avant-dernières paroles ce jour-là.

*

Dans la cuisine il a fait du café et regardé par la fenêtre. Lundi de Pâques. Le Christ avait déjà ressuscité deux fois, dit-on, mais c'était comme si rien n'avait changé. Obscurité, temps glacial, bientôt la pluie, on aurait dit le Vendredi saint.

Retournant au salon il a repris le travail laissé en plan. Il a sorti de vieux dossiers quatre intercalaires en carton de format A4 qu'il a collés par deux puis étalés sur le tapis râpé formant un rectangle de 84 sur 59,4. Il a collé entre eux les huit doubles cartons avec du scotch les a retournés collés de nouveau puis a pris le manche à balai rouge en bois l'a essuyé avec un chiffon, lentement et soigneusement, comme un chasseur désarmé un soir d'hiver très tard assis devant le feu qui nettoie son fusil et regarde les flammes qui tremblent et se demande avec terreur comment les années ont pu passer sans qu'il s'en rende compte et comment le chasseur lui-même s'est retrouvé gibier.

Quand il a eu terminé, il a étalé un long ruban de colle sur les cartons appuyé avec force le manche à balai sur la colle et compté jusqu'à soixante-dix. Puis il a coupé trois bouts de ficelle rouge, vingt centimètres chacun, percé huit trous dans les cartons, deux par deux à droite et à gauche du manche, passé les ficelles dans les trous en les attachant au manche pour que tout soit bien accroché. Il a contemplé la pancarte improvisée en allumant une cigarette. Il l'a fumée jusqu'au filtre et à chaque bouffée la fumée lui râpait la gorge – il venait de fumer dans les dix paquets en quatre jours. Il a attendu un peu puis levant bien haut la hampe l'a agitée pour voir si les cartons tenaient bien. Du bricolage. Mais vu la situation que pouvait-il faire de mieux ? Vu la situation il ne pouvait plus attendre.

Allumant une cigarette il s'est allongé sur le tapis genoux repliés. Les cloches ont sonné il s'est demandé quelle était donc cette chose terrible manger le corps du Christ et boire le sang du Christ et il a fumé en regardant dehors le jour qui ne voulait pas s'éclaircir s'adoucir un peu.

*

Le Jeudi saint Pètros Fràgos, son meilleur et son seul ami, s'était tué sur un chantier rue Papadiamàndis, à deux pas de l'ancien cimetière de Nìkea. Électrocuté. Il n'était pas mort sur le coup mais deux jours plus tard, le soir du Samedi saint, aux soins intensifs de l'Hôpital d'État. C'était un .... expérimenté, un bon ouvrier, l'un des derniers Grecs dans le métier. Ce jour-là, Jeudi saint, le chef de chantier avait fait pression sur Pètros pour qu'il reste à travailler jusqu'en fin d'après-midi – la semaine sainte, ses congés, on prenait du retard. Pètros avait dit bon mais pour lui ce n'était pas bon. Il était pressé d'en finir parce que le même soir ils devaient partir pour le village de Yànnis en Épire. Ils allaient fêter Pâques ensemble dans les montagnes d'Épire. Il avait dit à Yànnis, tu vas m'emmener avec toi dans tes montagnes. Je ne resterai plus ici à Pâques. Je veux faire un essai, me préparer parce que je vais me tailler mon vieux. Ici ça devient trop dur les gens sont dingues j'ai la trouille quand je vois ça. Tu me dis que dans la vie la seule chose qui compte c'est donner et recevoir. Mais qu'est-ce qu'on fait quand personne ne veut rien ? Qu'est-ce qu'on fait quand ne trouve pas quelqu'un à qui donner ou de qui recevoir ? Donc l'avenir c'est les montagnes – voilà le genre de délire qu'il servait à Yànnis.

Il lui disait : C'est les montagnes qu'il nous faut même si on doit manger des pierres.

Et puis tandis qu'il transportait des tiges métalliques le bout d'une des tiges avait touché un câble à haute tension et vingt quatre mille volts avaient frappé Pètros et secoué son corps l'avaient jeté sur le ciment poussiéreux comme s'il était quelque chose de déjà mort ou comme s'il n'avait jamais eu de vie en lui.

Il avait dit à Yànnis, même plus d'eau. Dans deux ans on n'aura même plus d'eau à boire. Ils l'ont dit aux infos. C'est pour ça que je te dis la montagne mon vieux y a que ça. J'en peux plus ici. J'en ai marre que chaque jour on me laisse dans le brouillard. Chaque jour ici est une attaque surprise pour chacun.

On est comme des tiges métalliques fêlées, pour te le dire dans ma langue.

*

Il n'est pas mort sur le coup, mais le Samedi saint, aux soins intensifs de l'Hôpital d'État de Nìkea. Tout avait brûlé en lui, disaient les médecins. La peau de la plante des pieds s'était décollée on aurait dit des chaussures sans semelle. Pendant ces deux jours Yànnis est entré trois ou quatre fois aux soins intensifs et à chaque fois il portait un masque des gants et des protections en plastique sur ses bottes – des bottes neuves et chaudes, aux semelles solides et intactes – et à chaque fois debout près du lit il voyait la main de Pètros ou son pied s'agiter soudain, deux ou trois ou quatre fois de suite et à chaque fois Yànnis avait les larmes aux yeux et pour se donner du courage il se disait des bouts d'anciennes prières désormais oubliées. Mais ces agitations ne venaient pas de Dieu. C'était le courant qui agitait le corps de Pètros – tellement qu'il en restait dans son corps.

La nuit pour ne pas s'endormir il faisait des calculs sur des paquets de cigarettes. Il divisait les vingt-quatre mille volts par l'âge de Pètros pour savoir combien de volts correspondaient à chaque année de sa vie. Il multipliait l'âge de Pètros par 365 et divisait le résultat par 24000 pour voir combien de volts correspondaient à chaque jour. Puis il refaisait l'opération avec les heures les minutes les secondes. Toute la nuit comme ça.

Quand il était fatigué des chiffres il écrivait autre chose :

Tu as vu .... ?

Attention ! Il est interdit de toucher le patient. ....

Qu'est-ce qui est noir brûlé et s'agite au lit ? Pètros !

Tu as un corps comme une anguille électrique vaï vaï vaï vaï vaï il a dansé le tsiftetèli.

Hahahahaha, écrivait Yànnis sur les paquets.

Hahahahaha.

*

Faites quelque chose, disait-il aux médecins. Y a pas d'argent mais on en trouvera. Parole d'honneur on en trouvera. Faites quelque chose pour le sauver. On est ensemble depuis tout petits. Vous savez comment c'est. Vous aussi vous avez des amis depuis tout petits, non ? Je vous en prie. Faites quelque chose.

*

Il a trouvé un gros marqueur noir, s'est agenouillé sur le tapis et s'est demandé ce qu'il devait écrire sur le carton. Écrire des mots qui montrent une colère inexprimable la haine l'amour la détresse, tout ensemble. Ou écrire un slogan sec, de ceux qu'on écrit pour les accidents du travail, pour ceux qui meurent au boulot. Ou écrire ce qu'on écrit sur les tombes de ceux qui meurent jeunes ou injustement. Des trucs sur Dieu l'âme les anges et l'autre vie.

Il se demanda s'il ne devait pas écrire non pas sur Pètros mais sur lui Yànnis.

Je suis plein d'un vide incroyable.

L'autre jour à la télé on parlait d'un ouvrier quelque part en Amérique au Canada qu'on avait viré et deux jours plus tard il était retourné à l'usine chargé de carabines et de pistolets et il avait liquidé tous ceux qu'il avait rencontrés avant de se faire sauter le caisson et sur son T-shirt étaient imprimés en grandes lettres noires ces mots-là, cette phrase-là précisément.

Je suis plein d'un vide incroyable.

Quel délire là encore.

*

Dans la salle de bain il s'est mouillé les cheveux les a coiffés en arrière en recouvrant soigneusement l'endroit qui brillait sur le haut du crâne et a mis son chapeau. C'était un chapeau léger en cuir souple mais quand il s'est regardé dans le miroir sombre il a cru qu'il portait un casque.

Retourné au salon il a ramassé la pancarte regardé le carton sans rien d'écrit dessus a fait des moulinets avec le manche à balai puis remis son capuchon au marqueur l'a posé sur la petite table a regardé les murs autour de lui et de l'autre main a pris son chapeau l'a enfoncé sur sa tête de l'air d'un homme qui s'en va pour toujours, et

Ça suffit, il a dit avant de sortir dans la rue.

*

Les nuages avaient grandi et jetaient des ombres longues sur la ville et depuis là-haut à Skhisto la ville s'étendait sous les yeux de Yànnis comme une couverture sale pleine de plis. Il a pris le chemin de Neàpoli marchant à côté du trottoir la pancarte sur l'épaule et tout en marchant il regardait le ciel d'un gris de cendre et il s'est rappelé que récemment il avait vu à la télé un documentaire sur un riche Anglais ou Irlandais – il n'avait pas bien compris, c'était tard et il somnolait devant la télé – qui avait donné son nom à un astéroïde ou un truc dans ce genre. Il disait combien il en était fier et joyeux, d'avoir donné son nom à un astéroïde – j'aime cette idée, disait-il, qu'un jour je vais mourir et disparaître mais que mon nom continuera de tourner dans l'univers pendant des années encore pendant des siècles. Yànnis marchait la pancarte sur l'épaule en regardant le ciel et se disant comme ce serait bizarre si on donnait le nom de Pètros à un astéroïde, si à la place de cet étranger il y avait Pètros, si c'était le nom de Pètros qui tournerait pendant des siècles dans l'univers, un astéroïde, une petite planète solitaire.

Qu'est-ce que tu vas penser là, il s'est dit. Comme si ça pouvait arriver ces choses-là.

Qui allait donner le nom d'un .... à une planète un astéroïde ou même un météorite ?

Puis il s'est rappelé ce qu'il avait dit aux médecins. Faites quelque chose pour le sauver je vous en prie. Faites quelque chose. Ridicule. Au lieu de les prendre à la gorge ces crapules et de les bourrer de coups de latte, au lieu de tout casser là-bas, il restait à pleurnicher à supplier à griffonner sur ses paquets de clopes. Et ils se foutaient de lui en plus, les crapules. On fait tout ce qu'on peut. C'est un grand défi pour nous que de maintenir en vie votre ami, qu'ils disaient. Tu parles. Un grand défi. .... Et puis l'argent. C'était ça l'essentiel. L'argent. Ils n'ont sûrement pas cru que tu trouverais l'argent. Si tu l'avais allongé à ce moment-là ils auraient sûrement fait quelque chose. Tant bien que mal ils l'auraient sauvé. Vingt-quatre mille que tu aurais dû leur donner. Un euro par volt. Vingt-quatre mille euros. Alors que des euros toi tu n'en as même pas vingt-quatre. Ridicule. Menteur trouillard.

Mais c'était injuste.

Il s'est dit, comme c'était injuste que les seuls mots qu'il ait trouvés à dire aux médecins ressemblent à ceux des séries télé. Puis il s'est dit qu'après s'être mis à parler comme les gens de la télé il se mettrait bientôt à penser comme eux et ça l'a terrifié, cette pensée lui a glacé le cœur – alors il s'est redressé a serré le bâton dans son poing marché plus vite et il s'est dit que sa terreur était sans raison puisque jamais dans aucune série personne ne ferait ce qu'il était en train de faire.

Enfin il n'était pas sûr. Car il est bien connu que les gens de la télé ont beaucoup d'imagination.

*

Il a descendu la rue Attalìas jusqu'à la rue Papadiamàndis tourné à droite dépassé la rue Philìppou et arrivant au coin des rues Papadiamàndis et Palamas il s'est arrêté. L'entrée du chantier était fermée par un grillage. Regardant les câbles au-dessus de sa tête il s'est demandé lequel avait tué Pètros, lequel était ce câble aux vingt-quatre mille volts. Puis tournant le dos à l'entrée du chantier il a levé la pancarte bien haut à deux mains. Entre les sacs de ciment et les seaux de chaux entre les tas de planches les ferrailles et les parpaings. Face à lui les immeubles s'étendaient d'un bout à l'autre de la rue, muraille infranchissable. Il savait que le chef de chantier, le patron de Pètros, habitait l'un de ces immeubles et il tenait la pancarte bien haut qu'elle se voie bien. La rue était déserte, aux balcons pas âme qui vive. Il tenait la pancarte bien haut et attendait. Pas possible autrement. Quelqu'un allait le remarquer, un voisin passerait dans la rue et s'arrêterait lui demanderait ce qui se passait pourquoi il restait là tenant son manche à balai et son carton et alors Yànnis lui expliquerait et l'autre dirait que oui, il avait entendu parler de ce gars électrocuté l'autre jour mais il ne savait pas qu'il était mort et il hocherait la tête et dirait à Yànnis courage que veux-tu qu'est-ce qu'on peut dire c'est comme ça quelle vie de merde c'est dur pour ceux qui restent puis il lui demanderait l'âge du garçon s'il avait une femme des enfants des frères et sœurs si sa mère et son père étaient en vie – et une demi-heure plus tard au plus le quartier aurait appris qu'un type avec un chapeau et une pancarte était planté devant le chantier et les gens sortiraient sur les balcons pour le voir ils s'étonneraient discuteraient entre eux, quel genre d'oiseau c'était un voleur peut-être ou un violeur guettant les petits enfants ? Appelle vite la police.

*

Il n'allait pas leur donner son nom. Il en trouverait un autre plus adapté aux circonstances. Un beau nom héroïque.

Je m'appelle Achille. Achille Paléologue.

Ou Alexandre ou Thrasybule. Alexandre Legrand. Thrasybule Victorieux.

*

Quelqu'un viendrait l'interroger sur la pancarte et tout le reste. Sûrement. Un enfant peut-être ou une vieille en noir qui en saurait long sur la mort et tout ça. Ou alors un type soûl. Le lundi de Pâques était une fête un jour férié et les gens les jours de fête sont différents plus doux plus ouverts plus soucieux des autres gens de leurs semblables.

Quelqu'un viendrait sûrement.

Par pitié au moins.

C'était le lundi de Pâques, Le Christ avait ressuscité deux fois déjà.

Quelqu'un viendrait.

Et peut-être qu'on lui apporterait à manger une tranche d'agneau froid, un peu de vin, un œuf rouge.

*

À trois heures une voiture a tourné le coin de la rue. L'homme au volant a ralenti et regardé Yànnis bouche bée, comme on regarde un accrochage en passant.

Puis mettant les gaz il s'est éloigné.

*

Un bout de scotch décollé du carton pendait comme une langue jaunie. Il a penché la pancarte et recollé le scotch en appuyant fort avec le pouce. Du bricolage. S'il avait écrit quelque chose sur le carton quelqu'un sûrement se serait intéressé quelqu'un se serait arrêté pour lui demander par curiosité de quoi il s'agissait. Ce serait mieux que rien. Sûrement. Mais il n'avait rien pu écrire. Tout ce qu'il avait en lui, tout ce qu'il ressentait, c'était comme ces poissons qu'il avait vus un jour à la télé, des poissons mystérieux qui vivent au fond d'un lac en Asie et quand on les sort de l'eau au soleil ils pourrissent tout de suite et il ne reste rien.

Il n'avait rien pu écrire sur le carton.

Il y a des choses qu'il est dur de sortir de soi. Très dur. Impossible.

Comme si l'on demandait à quelqu'un de pleurer d'un seul œil.

*

À quatre heures il a vu une femme dans l'immeuble d'en face qui le regardait en douce derrière le rideau. Voyant qu'il la regardait la femme a aussitôt grimacé comme si elle voyait une tache sur le tapis et a tiré le rideau.

À cinq heures il s'est demandé s'il y avait une vie après la mort et si Pètros le regardait en ce moment depuis quelque part, s'il pouvait le voir devant l'entrée du chantier avec son chapeau, la pancarte à la main, si peut-être il pouvait avec la sagesse dont sont dotés les morts à ce qu'on dit lire les choses que Yànnis aurait dû écrire sur le carton.

Vers cinq heures et demie il a pensé : Pètros est mort et rien au monde ne changera ça. Pètros est mort et ça ne changera rien au monde. Que faire de ça ? Que faire ?

Le plus terrifiant ce n'est pas la mort mais les souvenirs.

*

Le soir venant il s'est mis à pleuvoir.

Un carton s'est décollé des autres est tombé par terre aussitôt gondolé noirci comme si était tombé sur lui un liquide toxique, un poison.

Il a relevé son col enfoncé son chapeau et marché un peu pour se réchauffer en regardant la rue déserte en regardant les immeubles aux fenêtres éclairées qui semblaient aussi vides que celles aux fenêtres obscures en regardant les câbles noirs au-dessus de sa tête d'où sortait un bourdonnement incessant comme s'ils transmettaient les nouvelles d'un monde étrange à un autre monde. Il fit un tour sur le trottoir puis regagna sa place bien droit tenant le manche à balai à deux mains.

Voilà, il s'est dit, la manif la plus ratée depuis le début du mouvement ouvrier. Depuis le début du monde.

Je suis plein d'un vide incroyable.

Si seulement j'avais écrit quelque chose.

Je suis plein d'un vide incroyable.

Si seulement j'avais écrit quelque chose de funèbre et d'héroïque ça aurait intéressé quelqu'un.

Sûrement.
Trop tard maintenant.

*

Tard dans la nuit il a allumé une cigarette sans lâcher la pancarte. Puis il a respiré profondément redressé le dos levé la pancarte endommagée bien haut et continué de la tenir bien haut à deux mains même quand il a soufflé la fumée regardant la fumée qui sortait épaisse et jaune de sa poitrine et montait lentement dans la lumière jaune de la rue puis s'est éparpillée dans l'obscurité comme la fumée d'un pauvre sacrifice antique passé inaperçu des dieux et des hommes qui croyaient aux dieux.

Le sang de l'oignon

Je travaillais à Kamìnia dans une fabrique de glaçons. Je vérifiais les machines, jetais les glaçons dans des sacs, chargeais les sacs dans la camionnette. Un boulot bidon, qu'on n'ose pas avouer. Mais Mihàlis, le type qui faisait les livraisons, prenait les choses à cœur. Il disait qu'il y avait peu de boulots aussi durs. Il prenait un glaçon un de ceux troués au milieu – on les appelait voleurs – et refermait sa main dessus. En quelques secondes le glaçon commençait à fondre. En deux minutes c'était de l'eau. En cinq il avait disparu.

Ce n'est pas terrible ? qu'il me demandait. Tu fabriques des trucs dont tu sais que l'instant d'après ils vont disparaître. Quel boulot inhumain...

Arrête, Mike. Travaille et ne juge pas que je lui disais et j'allais charger l'un de ces sacs de dix kilos qu'on livrait aux restaurants et aux bars. Et lui me suivait bougon et docile comme toujours en regardant ses doigts raides et sa paume toute rouge.

Mi corazon, disait-il. *Mi corazon una naranja helada*.

*

En dix mois de boulot il n'était pas encore habitué. Mais quant au reste il n'était pas bien assorti non plus. Ses parents étaient morts dans un accident de la route quand il était petit. Il avait été élevé par des tantes en province. Plus tard il était parti faire sa médecine en Roumanie mais avait dû rentrer au bout d'un an – l'argent manquait. Il voulait devenir pédiatre et ouvrir un cabinet. Mais son grand rêve, c'était l'Espagne. Il avait décidé de partir là-bas un jour et de ne plus revenir. Moi je ne suis pas d'ici, disait-il, moi je viens d'Espagne. Il avait appris l'espagnol tout seul avec des cassettes. Il disait qu'aucune autre langue ne valait celle-là. La langue la plus joyeuse du monde, qu'il me disait. Quand j'irai là-bas, comme je l'espère, je parlerai et je rirai toute la journée. Et il lançait à tout bout de champ ses *mi corazon* et ses *naranja helada*. Mais il n'avait pas l'air d'un Espagnol. On l'aurait plutôt pris pour un Nordique.

Grand et blond comme il était les yeux verts et la peau très blanche.

*

On l'avait embauché comme chauffeur mais il servait aussi d'électricien de frigoriste ou de plombier – d'homme à tout faire. Il apprenait vite il était astucieux. Et instruit. Il aimait lire des poèmes et il trimbalait un carnet où il notait des trucs à lui bizarres. Il économisait. Son rêve c'était de retourner en Roumanie pour terminer ses études puis de se tailler en Espagne. Il se trouverait une Espagnole aux cheveux luisants aux dents toutes blanches et ils visiteraient le pays ensemble. Ils iraient du côté de chez Don Quichotte voir les moulins et les vignes immenses. Ils descendraient sur les rives du Guadalquivir monteraient dans la Sierra Nevada passeraient par toutes ces villes que Mihàlis n'avait vues que sur la carte avec leurs noms pleins de promesses. Badajoz Almendralejo Villafranca de los Caballeros. Des rêves. Des rêves. Pour des gens comme nous les rêves sont comme les glaçons – tôt ou tard ils fondent. Mais je ne disais rien.

Souvent pour passer le temps je lui faisais réciter des poèmes. Il en connaissait beaucoup – d'auteurs à nous ou d'étrangers. Il préférait les Espagnols évidemment. Surtout un certain Miguel Hernandez – il prononçait « th » à la fin. Il en était fou. Il avait sa photo dans son portefeuille et connaissait ses poèmes par cœur. Hernandez était mort très jeune, à trente ans. Il avait écrit la plupart de ses poèmes en prison sur du papier toilette. Il en coupait des bouts et sur ces bouts il écrivait ses poèmes. Il était de gauche, il avait combattu pendant la guerre civile. Après la guerre on l'a condamné à mort mais la tuberculose l'a tué avant. Le poème préféré de Mihàlis était la « Berceuse de l'Oignon ». Il paraît qu'Hernandez l'a écrit quand il a reçu en prison une lettre de sa femme disant qu'elle et leur enfant – ils avaient un fils de huit mois – ne mangeaient que des oignons et du pain. Des oignons et du pain,- ils n'avaient rien d'autre. Des oignons et du pain, une pauvreté noire.

Je ne savais pas si tout ça était vrai ou si Mihàlis l'avait inventé. Mais je le revois comme si c'était hier courbé portant les sacs jusqu'à la camionnette en marmonnant de sa voix chantante et triste :

En la cuna del hambre
mi niño estaba
Con sangre de cebolla
se amamantaba

Qu'est-ce qu'il raconte le poète, Mike ? j'ai demandé la première fois. C'est qui cette maman ?

Mihàlis a posé son sac a pris un glaçon dans sa main l'a serré très fort et tandis que le glaçon fondait il a dit que le poète parlait de son bébé – son *niño* – qui était allongé dans le berceau de la faim et tétait le sang de l'oignon. *Sangre de cebolla,* c'est le sang de l'oignon, a dit Mihàlis et en le disant ses yeux brillaient comme s'il était au bord des larmes, comme si son propre fils était dans ce berceau, comme si son propre fils tétait ce sang bizarre.

Sangre de cebolla. Le sang de l'oignon.

Les Ethpagnols, que j'ai dit. Vous êtes thinglés, vous touth.

*

La « Berceuse de l'Oignon » – le poème préféré de Mihàlis. Mais moi j'aimais bien un autre, écrit par

Hernandez pour son ami Ramon qui était mort très jeune d'une mort soudaine, disait-il, aussi soudaine que l'éclair. Je ne connaissais pas l'espagnol et la poésie non plus. Mais à force de l'entendre j'avais appris par cœur deux ou trois vers. J'aimais l'endroit où Miguel disait qu'il voulait creuser la terre avec les dents, mettre en morceaux la terre pour trouver les ossements de son ami et les embrasser.

Quiero escarbar la tierra con los dientes
quiero apartar la tierra parte a parte

J'aimais aussi les derniers vers. Là où Miguel disait à Ramon mort qu'un jour ils se retrouveraient et qu'ils auraient un tas de choses à se raconter.

Que tenemos que hablar de muchas cosas
compañero del alma compañero

J'aimais ce poème qui pourtant était long et dont j'oubliais la plupart des vers. J'aimais le son des mots, le rythme des mots. J'aimais la façon dont Miguel les lisait. Sans rien de faux, simplement, avec mélancolie, comme on lit des années plus tard des lignes écrites sur un vieux cahier, une promesse d'amour ou d'amitié éternelle, des grands mots qu'on avait écrits pour l'avenir.

Nous avons tant de choses à nous dire
compagnon de mon âme compagnon

*

On était en janvier. Les affaires marchaient mal. Le patron avait disparu. Il avait la maladie du jeu et passait d'un casino à l'autre. Pàrnitha, Loutràki, Thessalonique, ça n'arrêtait pas. À sa place il laissait un Palestinien, Ziad, qui aimait jouer les chiens de garde. Sournois et renfrogné les yeux enfoncés l'air vaguement menaçant. Peu liant, il tenait tout le monde à distance. Moi surtout je l'avais surpris plusieurs fois qui me regardait bizarrement comme si j'étais un soldat juif. Vous allez voir, que je disais aux autres, avec lui ça va mal finir. Un jour il va se pointer avec une ceinture de dynamite et faire tout sauter. Mihàlis de son côté voyait les choses autrement. Il disait qu'en regardant Ziad dans les yeux il voyait le désert. Quel désert, Mike ? Ils ont le désert là-bas ? Bien sûr – et même un grand. Il était sûr que Ziad avait vécu des années dans le désert, voilà pourquoi il avait toujours ce regard mystérieux. Regarde-le un peu, qu'il me disait. Tu ne vois pas que ce type n'a pas appris à vivre entre des murs et des machines ? Tu ne vois pas que ses yeux cherchent un peu d'espace ? Quoi dire. Moi dans les yeux de Ziad je ne voyais ni désert ni chameaux. Mais je voyais autre chose. Chaque fois que Mihàlis attrapait un glaçon pour le faire fondre dans sa main, les yeux de Ziad s'allumaient lui sortaient de la tête.

Eh Mihàlis ! Pas toucher ghlaçons !

Alors Mihàlis s'immobilisait levait son poing fermé et disait tout fort le vers du poète :

Ghood bye vie de ghaleux vie de ghalère.

On riait. Ziad, lui, était fumasse. Il agitait le majeur et nous prévenait.

Quand monsieur Yorghos rentrer, lui vous mettre ghlaçons dans le cul.

Et Mihàlis pas impressionné répondait avec d'autres vers.

Pauvre Yòrgos
si tu changeais de côté
pour voir l'autre moitié du monde.

*

Un 20 janvier inoubliable. On chargeait des commandes pour le Pirée. Cette journée, un vrai délice. Les beaux jours de janvier. Sauf que maintenant on a les beaux jours toute l'année, comment voir la différence ? On était en retard à cause de l'Écossais encore bloqué. C'était la grande machine à glace et Mihàlis l'avait baptisée l'Écossais pas seulement à cause de sa marque, Scotsman : quand elle s'enrayait elle donnait moitié moins de glaçons. Avare comme les Écossais.

Je me décarcassais tout seul pour débloquer la machine. Ziad était parti déposer de l'argent à la banque – pour ce genre de choses il ne nous faisait pas confiance. Mihàlis s'était posé à l'ombre et lisait un magazine apporté de chez lui. Il avait aussi son carnet sur son genou et il écrivait. J'étais à deux doigts de râler, quand soudain c'est lui qui a poussé un cri en sautant sur ses pieds.

Viens voir.

Je l'ai rejoint et il m'a montré le magazine. C'était un dossier sur les slogans écrits sur les murs depuis l'Occupation jusqu'à nos jours. Il m'a montré une photo en noir et blanc. Sur un mur on avait écrit : Mihaïl Ràmos 19 ans 11 rue Nemèsseos je serai fusillé le 8-9-44. Et au-dessous en majuscules : VIVE LA PATRIE.

Mihaïl-Mihàlis, j'ai dit. Le même nom.

La légende. Lis la légende.

Je l'ai lue.

Message d'adieu d'un condamné à mort sur un mur des geôles de la Gestapo rue Mèrlin. Slogan rédigé à chaud, hautement subjectif par conséquent, mais sans destinataire, il est aujourd'hui soumis au jugement serein et impartial de l'historien post-moderne.

Très bien, j'ai dit. C'est beau. C'est réjouissant. Maintenant viens me donner un coup de main pour l'Écossais sinon quand le Fatah va revenir on va l'entendre.

Mihàlis s'est approché de la machine. Je l'ai suivi. Il s'est penché a pris l'un des rares glaçons crachés par l'Écossais et l'a gardé dans sa main. Il l'a serré fort jusqu'à ce que de l'eau coule entre ses doigts. Il était devenu soudain tout rouge.

Je ne comprends rien, qu'il a dit. Un slogan à chaud, ça veut dire quoi ? Il avait dix-neuf ans. On allait le tuer d'un moment à l'autre. Comment il aurait dû écrire ? De sang-froid ? Et cette histoire de jugements impartiaux et d'historiens post-modernes... C'est qui les types qui écrivent ce genre de trucs ? Comment peuvent-ils être tellement. Tellement. On a raison de le dire que le temps est le pire des médecins. Le temps rend les gens insensibles.

Il s'est tu un instant puis a dit :

Je veux gueuler. Si tu savais à quel point je veux gueuler. Mais ça ne sort pas. Je ne peux même pas en parler, tu comprends ? Et comme je ne peux pas dire ce que je sens j'ai peur de ne plus le sentir. Peur que ça s'en aille. Il me fait très peur ce silence. C'est inhumain. Combien de silence doit-on trimbaler comme ça ?

Il me regardait comme s'il attendait que je parle.

Il a ouvert sa main. Le glaçon avait fondu.

Tu es à chaud, je lui ai dit. Allez, oublie. Ces histoires on ne s'en sort pas.

J'ai senti son regard me brûler la joue. Mais il n'a rien dit.

On est restés les bras croisés devant l'Écossais. On entendait maintenant un bourdonnement prolongé bizarre comme si quelque chose dedans allait casser. Je suis allé dans le bureau chercher une bouteille de Johnny Walker que j'avais gardée des fêtes en réserve. J'ai rempli les verres. J'ai rempli de glaçons une coupe en plastique et de temps en temps on en jetait un dans nos verres. On buvait sans un mot, sans trinquer.

Le ciel était d'un bleu aveuglant. L'air sentait l'iode et les frites. J'allais dire, quelle belle journée. Mais je n'ai rien dit. J'ai pensé aux paroles de Mihàlis. Si tu ne dis pas ce que tu sens tu peux finir par ne plus le sentir. J'ai pensé à ce que ça faisait d'écrire sur un mur je serai fusillé. Ce que ça fait de manger des oignons et du pain tous les jours tous les jours. De téter le jus de l'oignon et que le jus de l'oignon soit du sang. Ce que ça fait de travailler d'économiser de rêver et que les rêves fondent comme des glaçons, comme s'il y avait des mains dans ce monde faites seulement pour ça – tenir les rêves des pauvres gens et les serrer jusqu'à ce qu'ils fondent comme des glaçons. Mais je n'ai rien dit.

Dis quelque chose en espagnol, j'ai dit à Mihàlis. Je veux rigoler.

Il a pris un glaçon dans son verre l'a serré dans sa main a tendu le bras en avant.

Sans destinataire, qu'il a dit. En ce temps-là et maintenant, sans destinataire.

Ce n'est pas de l'espagnol. Je veux entendre de l'espagnol tu comprends ? Je veux entendre des *corazon* des *cebolla* des *muchas cosas*. Voilà ce que je veux aujourd'hui.

Le glaçon fondait dans sa main. On a regardé l'eau qui coulait goutte à goutte entre ses doigts jusqu'à ce qu'il n'y ait plus d'eau. Mihàlis gardait le bras tendu. Ses cheveux lançaient des étincelles d'or sous le soleil. J'ai vu qu'il serrait les dents. Sa mâchoire tremblait.

On a entendu un bruit. L'Écossais s'est débloqué soudain et les glaçons sont tombés dans le récipient, tintant comme les pièces des bandits manchots dans les casinos.

Le récipient a débordé, les glaçons se sont mis à tomber sur le ciment.

Sans destinataire, a dit Mihàlis.

Les glaçons continuaient de tomber.

On les a laissés tomber – on s'en foutait.

Mi corazon. Mi corazon una naranja helada.

On buvait on regardait les glaçons tomber sur le ciment.

Mon cœur. Mon cœur une orange glacée.

Les glaçons en tas sur le ciment avaient déjà commencé à fondre.

Ça va aller, tu vas voir

Aujourd'hui on a reçu un nouveau rappel de la banque. Ils disent que c'est le dernier et que la semaine prochaine ils prendront « les mesures prévues par la loi ». Ils ont déjà téléphoné plusieurs fois mais Nìki n'a pas répondu. Elle a laissé le papier sur la petite table du salon. En rentrant du boulot Àris a jeté un œil mais n'a rien dit. Il ne l'a même pas touché. Il est resté debout à le regarder, l'œil éteint de n'avoir pas dormi. Cheveux longs, mal rasé, les favoris qui descendent jusqu'au cou, une tête de loup-garou. Puis il a ôté ses bottes a gagné la chambre s'est allongé tout habillé puis a tiré le drap sur sa figure.

Au lit depuis trois heures. Sans parler. Sans bouger. On dirait même qu'il a cessé de respirer.

Nìki met en marche le lave-linge puis passe l'aspirateur et la serpillière. Elle s'agenouille pour ramasser le verre brisé sous la table de la cuisine. Le sol sent le *tsìpouro*. Elle étale encore du désinfectant et frotte jusqu'à ce que ses doigts soient blancs et douloureux. De temps à autre elle va vers la chambre et le regarde depuis la porte, attendant de voir jusqu'à quand il va tenir.

À la fin elle dit, tu vas crever là-dedans. Sors de là. Ça ne sert à rien.

Aucune réaction. Mais Nìki sait qu'il l'entend. Sa jambe gauche tremble sous le drap. On dirait qu'il ne peut pas la contrôler – comme si c'était la jambe d'un autre, pas la sienne.

Elle dit, je ne veux pas que tu perdes courage. Ça va aller tu vas voir. Les banques te prennent pas ta maison comme ça. C'est pas l'Amérique ici. On va se débrouiller. Tu vas voir.

Dehors il fait plus sombre. Un rayon de soleil forme une tache orange sur le mur au-dessus du lit. Nìki la regarde et se demande pourquoi c'est la première fois qu'elle remarque la tache orange. Elle se dit que c'est trop injuste qu'elle ne sache pas quoi dire à Àris, qu'elle ne puisse pas lui dire ce qu'elle ressent tandis qu'elle voit pour la première fois cette marque sur le mur. La veille au soir, après l'avoir traîné jusqu'au lit elle a fait du café et allumé la télé. Elle n'avait plus sommeil et Àris ronflait tellement que même si elle s'allongeait à côté de lui elle ne pourrait fermer l'œil. Il y avait un documentaire sur les Indiens mais Nìki regardait par la fenêtre du balcon les lueurs des fusées et des lampes torches des ouvriers d'Électricité de Grèce. Ils avaient escaladé la cheminée dans l'après-midi accroché des banderoles et criaient des slogans. Elle regardait les lumières des lampes qui déchiraient la nuit comme des épées géantes et se demandait comment un peintre peindrait cette scène – s'il existe encore des peintres qui peignent des scènes pareilles. Une femme assise dans l'obscurité avec une tasse de café et une cigarette et la lumière de la télé pâle et bleue qui tombe sur son visage. Un tableau, cause toujours. Si elle tenait un flingue ou un vibro là d'accord. Mais la cigarette et le café laisse tomber. Ça n'excite plus les gens aujourd'hui ces trucs ringards. Qui ça intéresse les petits bourgeois leurs problèmes de sous et de famille ? Trop banal. Puis elle s'est penchée pour éteindre sa cigarette et elle a vu sur l'écran une fille genre Indienne mais qui portait des lunettes et des vêtements modernes et qui parlait de l'histoire de sa race et qui disait que bien des années plus tôt ceux de sa race avaient été forcés de quitter leur territoire et qu'avant de le quitter certains en guise d'adieu touchaient les feuilles et les branches des arbres et d'autres touchaient l'herbe les fleurs l'eau qui coulait des sources les galets au bord des rivières et que les soldats venus les chasser regardaient ce spectacle étrange en se marrant – sans savoir ce que c'est de quitter le lieu qu'on aime, disait la fille. Puis on lui a demandé comment elle savait tout ça puisque c'était bien des années avant et elle a répondu que la vérité d'une histoire ne se juge pas d'après sa relation avec la réalité mais d'après sa valeur morale. À la fin du documentaire Nìki a éteint la télé ouvert la porte du balcon et regardé les lumières des lampes et des fusées des ouvriers qui allaient passer la nuit sur la cheminée de l'Électricité, les bâtiments sombres des usines et des réservoirs de carburant et elle s'est rappelée sa mère disant que ces années-là les médecins disaient aux mamans de ne pas allaiter leurs bébés : l'air dans cette zone – Haravyi Drapetsòna Keratsìni – était pollué par le fluor contenu dans les engrais et le fluor passait dans le sang. Puis elle est allée dans la chambre jeter un œil à l'homme qui dormait emmitouflé elle a mis des bas jeté sa veste sur ses épaules pris son café ses cigarettes et ses clés pour monter par l'escalier sur la terrasse et de là-haut a regardé le monde étendu autour d'elle. Le port les bateaux les habitations ouvrières de Drapetsòna. Les usines d'engrais les réservoirs les cheminées. On voyait la lune et les étoiles ce soir-là mais Nìki n'avait pas besoin de lumière pour voir – pouvant tout situer les yeux fermés. La cimenterie les abattoirs BP le petit port d'Aï-Nikòlas. Le port aux poissons les chantiers navals Pèrama. En face les îles, Psittàlia et Salamine. Paloùkia Ambelàkia Selìnia. Elle serrait les barreaux et la surface métallique rugueuse lui écorchait les mains. Elle a vu de là-haut le monument aux morts des électriciens entouré de ses palmiers les ruelles sans nom les rues leurs orangers amers et leurs mûriers les immeubles collés les uns aux autres les balcons aux tentes déchirées par le vent noircies par les intempéries. Puis son regard est redescendu elle a vu les voitures les deux-roues les triporteurs les cours des maisons de réfugiés coincées entre les immeubles, des cours et leurs pots de fleurs le linge qui sèche sur un fil des vieilleries qui traînent – un frigo hors d'usage, un squelette de vélo, une chaise à trois pieds, un berceau sans barreaux. Puis elle est revenue aux immeubles et aux rares lumières allumées çà et là et elle s'est demandée s'il y avait des gens qui veillaient comme elle ce soir-là ou s'ils laissaient les lumières car ils avaient peur. Ceux qui veillaient ils veillaient pour faire du bien ou du mal ? Et ceux qui laissaient les lumières, qu'est-ce qui leur faisait peur ? Les voleurs ou autre chose ? Elle a allumé une cigarette bu son café froid regardé encore autour d'elle et s'est demandé ce qu'elle ferait si un jour elle était forcée de quitter cet endroit où elle était née avait grandi était devenue femme. Elle irait dans la rue dire adieu aux orangers aux mûriers en touchant leurs feuilles et leurs branches. Elle toucherait les bancs sur les places et les poteaux électriques pleins d'affichettes « à louer » et de faire-part de deuil. La vespa rouge de Thodoris Skoùpas encore attachée par une chaîne à la grille de la cour et que Skoùpas quand il vivait encore lavait chaque dimanche matin avant de l'arroser d'eau de Cologne qu'elle sente bon. Elle toucherait comme une Indienne le rideau de fer de la quincaillerie d'Asterìas qui dépérit depuis des années – Asterìas planque-toi, ..., criaient pendant un temps les gars du coin qui lui en voulaient à cause de l'immense affiche du club de foot rival accrochée dans sa boutique. Elle toucherait le mur au coin des rues Vospòrou et Mykinon en face des écoles où on avait bombé en lettres qui s'effaçaient Les vacances sont l'alibi d'un viol de onze mois. Le portail déglingué de Voùla qui pendouille depuis l'an dernier à même époque depuis que son mari gravement bourré l'a enfoncée avec sa voiture. Elle toucherait de la main la vitre du salon de coiffure de Kosmas là où une bonne vingtaine d'années plus tôt elle a vu un jour Àris gamin de quinze ans assis dans le fauteuil baissant la tête et par terre autour de lui plein de touffes de ses cheveux tombées – comme elle voudrait maintenant, comme elle voudrait remonter le temps et ramasser les cheveux coupés pour les coller sur la tête d'Àris.

Elle avait un tas de choses à toucher un tas de choses à qui dire adieu si un jour elle était forcée de partir. Même sans être une Indienne même s'il n'y avait pas de soldat pour la regarder en riant et s'il n'y avait pas quelqu'un à la télé qui raconterait cette histoire.

Et maintenant debout à la porte de la chambre elle regarde Àris et cette marque orange sur le mur lui rappelle ce qu'elle a entendu la veille à la télé. La vérité d'une histoire ne se juge pas d'après sa relation avec la réalité mais d'après sa valeur morale. Elle ne comprend pas ce que ça veut dire au juste mais elle aime à se dire qu'il y a des choses vraies qui n'ont jamais existé. Elle aime à se dire qu'il y a des choses qui sont et ne sont pas la vérité. Des choses qui ne se sont jamais produites peut-être mais qui sont plus vraies que la vérité. Mais là encore elle n'est pas sûre. Si seulement elle pouvait comprendre davantage. Si seulement ils avaient assez d'argent pour qu'elle n'ait pas besoin de bosser. Elle aimerait lire davantage voyager aller au théâtre au concert. Elle aimerait dormir jusqu'à onze heures et ne pas attendre avant l'aube à l'arrêt du bus et ne pas avoir honte du boulot qu'elle a. Et surtout surtout elle aimerait ne pas sursauter terrifiée chaque fois que le téléphone sonne chaque fois qu'elle voit des enveloppes blanches dans la boîte aux lettres.

Elle se couche à côté d'Àris et le lit grince.

Elle dit, sors de là-dessous. Je veux te dire un truc. Ça s'est passé hier au boulot. Tu n'as sûrement jamais entendu une chose pareille.

Aucune réaction. Nìki se met sur le dos et ferme les yeux. Elle se rappelle les images, s'efforce de leur trouver un ordre, de chasser ce nœud dans sa gorge. Elle laisse son cœur se refroidir. C'est une histoire d'amour qu'elle veut raconter et elle sait que ces choses-là ne se racontent pas quand le cœur est chaud.

*

Vers onze heures je fais une pause-clope et là Rìta entre en trombe dans la salle et me dit ah là là ce qui s'est passé tu ne va pas me croire c'est dingue. Je lui dis, raconte. Un toubib t'invite à prendre un verre ? Tu la connais, Rìta et ses rêves de grandeur depuis toute petite elle n'a qu'une idée se trouver un médecin ou un militaire. Te fous pas de moi qu'elle me dit écoute. L'ambulance vient d'amener un couple depuis la prison de Korydallos. Une fille de chez nous et un étranger. Roumain Bulgare j'ai pas compris. Des jeunes des amoureux. Il était en taule et elle est venue le voir au parloir. On va renvoyer le type d'ici quelques jours dans son pays, comment on dit, l'extrader. Au parloir donc la fille sort un tube de colle s'en barbouille et hop ils sont collés par les mains. Tu comprends ? Pour être tout le temps ensemble pour qu'on ne la sépare jamais de son chéri. Incroyable, non ? Les mains collées par de la colle pour n'être jamais séparés. Incroyable... Écoute ma vieille ce qui se passe dans le monde. C'est pas dingue ? Et ils nous les ont amenés pour que les médecins les décollent. On les a mis au deuxième là-haut. Tu sais, dans la chambre pour les détenus. Ils ont mis un flic devant pour monter la garde. Maintenant c'est fait. Mais tu te rends compte se coller par les mains ? Je te parie que c'est des drogués. Dégage ma petite pas de ça chez nous.

Voilà ce que dit Rìta puis elle tire deux bouffées de ma clope et retourne à son poste énervée parce qu'il y a un type dans une chambre qui n'arrête pas de vomir – qu'il aille se faire foutre ce vieux con qu'elle me dit, depuis ce matin il me fait tourner en bourrique.

Nìki se tourne du côté d'Àris et le regarde. Emmitouflé dans le drap, les bras collés au corps, on entend à peine sa respiration comme un murmure.

Elle lui demande, tu comprends ce qui s'est passé ? Ils ont collé leurs mains avec de la colle pour ne pas être séparés. Qu'est-ce que tu en penses ?

Elle regarde le drap qui a pris la forme de son visage. Puis levant la tête elle regarde la tache orange sur le mur qui rapetisse peu à peu tandis que baisse la lumière du soleil. Elle avance la main et la touche avant qu'elle disparaisse tout à fait. Elle respire profondément et referme les yeux.

*

Je prends les seaux les balais et je monte au deuxième. Je ne sais pas ce qui m'a pris. Je voulais les voir.

Je voulais voir à quoi ils ressemblent je voulais les voir. La chambre dont je te parle, pour les détenus, est au fond du couloir près des toilettes. Devant la porte en effet il y a un flic, un jeune qui fume et joue avec son portable. Il me voit qui m'approche avec mon attirail et je me dis qu'il ne va pas me laisser entrer – il me regarde de la tête aux pieds, l'air mauvais. Il me fait attendre un peu puis hoche la tête comme s'il chassait une mouche de son nez.

La chambre a une porte en fer avec un cadenas un lit des barreaux un grillage à la fenêtre. Une vraie cellule. On ne la nettoie pas souvent.

Moi j'y suis entrée deux-trois fois pas plus. Le jeune type est couché sur le lit. Torse nu les yeux fermés main droite sur la poitrine. La gauche est unie à la droite de la fille assise à côté de lui au bord du lit et qui regarde par la fenêtre. Je ne peux pas voir la partie collée, leurs mains sont entourées de pansements. Rìta a raison c'est des gamins. Vingt ans vingt-deux pas plus. Mais ils n'ont pas l'air de drogués – du moins la fille. À mon entrée il ouvre les yeux me jette un regard endormi puis les referme. La fille, elle, me sourit et se redresse. De sa main libre elle tire sur sa jupe qui est remontée au-dessus des genoux. Ses joues toutes rouges.

Je dis, je vous dérange excusez-moi. Ça ne sera pas long.

Je commence à nettoyer tranquillement sans me presser. Il n'y a pas grand-chose à nettoyer de toute façon. Dès que je peux je jette un œil pour voir ce qu'ils font. J'ai envie de leur parler. J'ai envie de lui demander si ça va bien ce qu'ont dit les médecins combien de jours ils vont les garder à l'hosto si on va les opérer, des questions comme ça. Je veux lui demander si c'était son idée à elle de se coller les mains et quelle colle elle a mis et ce qu'ont dit les matons quand ils l'ont repérée. Ils l'ont cognée insultée ? J'ai un tas de questions à lui poser. Mais j'ai peur que l'autre à la porte m'entende et me foute dehors. Et puis je me dis qu'elle n'a peut-être pas envie de bavarder. En plus de ses problèmes elle n'a pas besoin qu'une femme de ménage une inconnue vienne dans ses pattes lui balancer un tas de questions.

Tandis que je passe la serpillière j'entends le jeune type marmonner quelque chose. La fille se penche et lui caresse le front les cheveux. Puis se tournant vers moi elle me demande en chuchotant si j'ai des clopes. Bien sûr que je réponds chuchotant moi aussi et je sors mon paquet. Elle en prend une l'allume la met dans la bouche du type. Je lui fais signe de garder le paquet. Gardez-le que je lui dis j'en ai un autre en bas. Je demande s'ils ont besoin d'autre chose. Si elle veut que j'appelle une infirmière ou que je leur monte un peu d'eau ou un truc à grignoter pris à la cafète. Je lui dis en douce toujours que j'ai apporté de chez moi des tomates farcies du pain du fromage mais je ne sais pas si le garde me laissera le leur donner.

On est bien comme ça, qu'elle me dit en souriant, encore plus rouge. Merci beaucoup. On est bien. Merci.

Et alors il se passe une chose bizarre. Tandis qu'on parle à voix basse ou par gestes elle me tend la main. Et moi je ne sais pas pourquoi j'hésite. Je ne sais pas pourquoi mais j'hésite à lui prendre la main. C'est vrai. Je suis là comme une bûche avec mon balai et je regarde la main tendue vers moi. Une main miniature. Toute petite blanche et maigre.

La fille sourit mais le sourire est un peu tordu. Tu sais comme quand le dentiste te fait une piqûre et ta bouche est enflée engourdie. Puis elle se penche en avant et...

N'ayez pas peur, qu'elle chuchote. J'y ai pas mis de colle.

*

La lumière du soleil a encore baissé. Depuis la porte du balcon Nìki voit les lumières de la rue s'allumer dans un clignotement timide. Les voitures qui passent ont allumé leurs phares. La chambre, elle, s'assombrit, se remplit d'une obscurité bizarre, qu'on dirait vivante.

C'est tout, dit Nìki. Ensuite je suis redescendue j'ai travaillé jusqu'à trois heures et je suis rentrée à la maison. Je voulais t'en parler hier soir mais hier soir tu te souviens tu n'allais pas bien. Tu te souviens ? Tu te souviens d'hier soir un peu ? Tu te souviens que tu t'es endormi à table dans la cuisine ? Avec ta clope allumée. Tu as failli cramer vivant.

Àris dit quelque chose mais sa voix est étouffée par le drap.

Qu'est-ce que tu dis ? Je n'entends pas. Sors de là-dessous à la fin.

Ses mains transpirent. Elle les essuie sur le drap et regarde ses paumes. Ses doigts. Elle remarque pour la première fois qu'ils sont tout jaunes. Trop de cigarettes.

Trop de cigarettes ces derniers temps. On dirait même qu'ils ont raccourci. Elle se fait des idées sûrement mais elle s'effraie rien qu'à l'idée que son corps commence à s'user, à rétrécir. Autrefois ça l'aurait fait se marrer. Elle aurait dit à Àris : Regarde. J'ai l'impression qu'à force de travailler mes doigts ont commencé à rétrécir. Ça les ferait rire. Ils colleraient leurs paumes pour mesurer leurs doigts et voir de combien les siens sont plus grands. Puis Àris lui prendrait les doigts en tirant dessus très fort pour les allonger. Grands rires. Mais maintenant Nìki a peur. Il y a plein de petites choses toutes petites qui lui font peur. Et puis cette douleur dans la poitrine. Comme si quelque chose était cassé là-dedans. Comme si là-dedans quelque chose était abîmé décroché. Elle sent quelque chose dans sa poitrine qui pend comme un ressort cassé. Elle observe les lignes de sa main. Il y a un tas de lignes. Droites obliques tournantes. Certaines ressemblent à des barbelés d'autres à des arbres déracinés. Certaines se croisent et s'estompent, s'arrêtent brusquement comme des routes qui mènent au bord d'un gouffre.

Tu aurais dû prévenir les télés.

Àris a baissé le drap et la regarde. Blême, lèvres sèches, les yeux rouges. Ses cheveux aplatis sur les côtés lui font comme une crête sur le casque d'un guerrier antique sorti vivant d'une bataille féroce.

Comment ?

Tu aurais dû appeler les télés, dit Àris en détournant le visage. Ces gens-là ça les excite ce genre de trucs. Des histoires de vrais gens tu vois. Ç'aurait été la panique. Tu les faisais venir à l'hosto et après tu leur demandais des sous pour ta peine. Ils t'en auraient sûrement donné un peu. Dans notre situation n'importe quelle somme était bonne à prendre. C'était mieux que rien.

Il se frotte les yeux puis se met les bras derrière la tête. Il regarde le plafond là-haut qui s'assombrit. Nìki ne peut pas voir ses mains.

Il se lève et va se planter devant la porte du balcon. Le ciel a pris une teinte violet foncé. Il voit quelques étoiles qui clignotent, les feux d'un avion qui s'éloigne lentement dans le fond. La banderole pend toujours à la cheminée mais ce soir il n'y a ni ouvriers ni fusées. La grève a été jugée illégale, on l'a dit à la télé. Ce soir tout est de nouveau tranquille. Après les légers troubles d'hier, ce soir tout est de nouveau tranquille. Seule la banderole est restée accrochée à la cheminée, une toile blanche rectangulaire avec des lettres rouges dessus et si on la voit de loin, du côté de la mer, on dirait un énorme pansement avec des traces de sang.

Tu aurais dû appeler les télés, dit Àris. Maintenant c'est trop tard.

Nìki regarde ses mains et se souvient de l'image. La fille à l'hôpital. Qui se penche en avant la main collée à celle du type et tend l'autre main à Nìki. Cette main blanche et maigre que Nìki a eu peur de prendre. Pourtant elle aurait dû le faire. Elle aurait dû prendre sa main. Elle aurait dû faire quelque chose pour cette fille. Quelque chose, n'importe quoi. Maintenant ça n'a plus de sens. Elle va apprendre à vivre avec ça. Le compromis. Toute la vie est un compromis. Et chaque être humain, se dit Nìki, est né d'un compromis – de ce grand oui silencieux dit par nos pères et nos mères quand ils décident de nous laisser venir au monde. Chaque être humain porte le compromis en lui, dans son sang. Voilà pourquoi toutes les révolutions sont condamnées à l'échec. Puis elle se dit qu'elle ne doit pas penser à ça. Non. Elle doit penser à ce qu'elle fera pour l'argent la banque la maison et Àris qu'elle voit maintenant de nouveau fourré sous le drap – sans parler sans bouger résigné. Elle se dit que si les choses tournent mal, s'ils ne s'en sortent pas, elle prendra de la colle pour coller l'une de ses mains à la main d'Àris et son autre main au mur. Voilà ce qu'elle fera. Et qu'ils osent venir les chasser de la maison. Ici ce n'est pas l'Amérique. Qu'ils osent venir. On les attend.

Elle pourra même appeler les télés.

Elle voit dans le fond un bateau qui s'en va tous feux allumés. Une femme passe dans la rue poussant la poussette de son bébé. Deux hommes discutent sur le trottoir. L'un d'eux fume, l'autre tient une canne à pêche et un sac en plastique bleu.

Puis elle ne veut plus rien voir plus rien penser. Elle ferme les yeux appuie le front sur la vitre et elle entend les yeux fermés autour d'elle s'étendre l'obscurité dans la maison et dans la rue le grondement sans pitié des voitures.

Ce qu'ils avaient sur eux

Cinq hommes avaient allumé un feu devant la Sécu de Nìkea tard dans la nuit de janvier. C'étaient des employés ou des ouvriers à la retraite, pas rasés, usés. Ils étaient arrivés dès trois heures du matin pour passer les premiers devant les médecins avant que beaucoup de monde arrive et que la queue atteigne le trottoir. Ils ne se connaissaient pas et aucun d'eux ne s'était donné la pcine de se présenter – ils avaient d'autres choses en tête. D'ailleurs les noms n'avaient pas d'importance. L'important c'était l'ordre d'arrivée, qu'il fallait respecter strictement. Aussi chacun d'eux voyait lui-même et les autres comme des numéros dans une liste qui allait s'allonger sans fin tout au long de la nuit.

C'étaient cinq hommes et en même temps cinq numéros.

Voilà l'une des choses qu'ils avaient en tête.

*

Ils ont allumé le feu sur le trottoir devant les marches de l'entrée.

L'hiver, un froid terrible, la nuit interminable. Il avait plu la veille et l'humidité s'était changée en un verglas qui étincelait comme une poussière d'argent sur les voitures garées. Au début ils avaient fait les cent pas sur le trottoir pour se réchauffer, regardant sans un mot, un peu craintifs, leurs haleines monter dans la nuit comme des signaux de fumée. Puis celui qui s'était pointé le premier, le 1, qui avait un glaucome, presque aveugle de l'œil droit, a eu l'idée. Ils allaient allumer un feu avec des palettes et des cartons jetés aux ordures. Les autres ont tout de suite été d'accord, eux aussi avaient salement froid. L'un d'eux s'est souvenu qu'en venant il avait vu plusieurs tonneaux sur un chantier dans la rue voisine. Il a donc proposé qu'on prenne un tonneau et qu'on allume le feu dedans. Ils ont tous été d'accord là aussi parce qu'il fallait entretenir le feu jusqu'au matin – voilà l'une des autres choses qu'ils avaient en tête.

Deux d'entre eux ont apporté le tonneau en le faisant rouler sur le trottoir non sans mal et l'ont installé devant les marches. Puis le 3, un costaud septuagénaire qui avait un polype à l'intestin, a cassé une palette et entassé les planches dans le tonneau. En dessous il avait mis des branches coupées au mûrier du coin de la rue. Ils ont allumé le feu avec un journal. Pas facile, le bois était mouillé. Quand le feu a pris enfin, à force, ils ont jeté sur le bois deux cartons déchirés en petits morceaux. Alors ils se sont tous rassemblés autour du tonneau les mains tendues en avant regardant sans un mot les flammes qui montaient devant eux. Tous sauf le 2, qui avait trimbalé depuis chez lui un petit pliant car il souffrait de la hanche et ne pouvait pas rester longtemps debout. Il a ouvert son pliant et s'est assis les jambes croisées puis, regardant distraitement le feu, a psalmodié d'une voix enrouée :

En arrivant sur Io j'ai vu
des moulins des églises
et tout de suite les puces m'ont mordu
ça grouillait sous ma chemise

Ceux qui passaient en voiture dans l'avenue Pètrou Ràlli ralentissaient pour les regarder. Mais eux s'en fichaient. Ils avaient très froid et savaient que sans feu ils ne tiendraient pas toute la nuit sur le trottoir. Ce que pensaient les gens, aucune importance, ils avaient d'autres choses en tête. Ils étaient malades et ils avaient sommeil. Ils étaient vieux. Ils avaient autre chose en tête.

*

Le 3 a déchiré un carton et jeté les morceaux dans le feu. Il a tisonné avec une grosse branche puis a regardé l'homme assis sur son pliant.

Il a dit, ça te plaît, hein ?

Quoi ?

Que les autres travaillent pendant que tu te les grattes.

Je l'ai dit que j'ai un problème de dos. T'as pas entendu ?

On a tous un problème. On passerait la nuit ailleurs sinon. Allez lève-toi donne un coup de main vieux glandeur.

Me parle pas comme ça, a dit l'homme au pliant. Espèce de brute. Tu es qui pour jouer les petits chefs ?

Oh ça je vous connais bien vous tous, a dit le 3. Des jean-foutre. J'en ai connu des tas comme toi toutes ces années. Votre cul bien à l'aise et que les autres aillent se faire baiser.

Ça suffit, a lancé le type arrivé en dernier, le 5. C'était le plus jeune de tous, dans les soixante ans. Il portait des lunettes aux verres épais et ses dents de travers, celles qui restaient, avaient l'air d'une barrière déglinguée. Il zézayait en plus. Ça suffit. On a tout eu cette nuit, manquait plus que les disputes.

Bande de feignasses, a dit le 3, et il est allé chercher d'autres cartons.

Le 2 s'est levé de son pliant puis s'est rassis en croisant les jambes de l'autre côté. Allumant une cigarette il a soufflé la fumée avec force. Ses mains tremblaient. Il a sorti d'un sac en plastique son livret de Sécu et l'a feuilleté bruyamment. Il marmonnait. Maintenant ses jambes tremblaient aussi. Puis il a refermé le livret s'est penché en avant a montré l'homme qui se penchait sur la benne à ordures et il a demandé aux autres en chuchotant :

Il est fou ?

Personne n'a répondu. Ils ne se sont même pas retournés pour le regarder. Ils gardaient les mains tendues devant eux en regardant les flammes et se demandaient s'ils auraient assez de bois et de carton pour le feu, s'ils parviendraient à maintenir le feu en vie jusqu'à la fin de la nuit.

*

Ils avaient sur eux leur livret de Sécu et leur carte d'identité. Ils avaient des mouchoirs en papier des clés des pièces de monnaie et quelques billets – les uns dans leur portefeuille, les autres en vrac dans leur poche. Tous avaient sur eux une bouteille d'eau, des pilules et des gélules pour leurs maladies. Le 5, qui souffrait depuis des années de rhumatismes, avait ses radios dans une grande enveloppe marron. Presque tous avaient des briquets ou des allumettes et des cigarettes en réserve pour la nuit. Deux ou trois avaient des cartes d'abonnement pour le bus, des tickets pour le trolley ou le métro. Le 4, soixante-huit ans mais la chevelure épaisse grise encore et fine moustache, avait des cailloux dans les reins et un petit peigne noir dans une poche de son blouson. Le 3 avait des lunettes de presbytie qu'il ne portait jamais en public parce qu'il avait honte. Quatre sur cinq avaient sur eux un téléphone portable. Le 2, celui du pliant, avait dans son portefeuille une photo de son fils qui s'était tué dans un accident le mois d'avant à Halkidòna. Le 1, presque aveugle de l'œil droit, avait une brochure sur les miracles et les visions de Saint Ephrem. Il en lisait deux ou trois pages par jour, péniblement, pour se donner des forces et de l'espoir ou bien pour oublier.

Ils avaient tous un tas d'années de boulot sur les épaules. Ils avaient des privations des chagrins et des rêves jamais réalisés. Ils avaient le poids du temps qu'ils avaient partagé avec leur femme et leurs enfants. Ils avaient les concessions qu'ils avaient faites, les promesses qu'ils n'avaient pas tenues. Ils avaient les trahisons qu'ils avaient commises et les trahisons qu'ils avaient subies. Chacun avait au fond de lui la peur l'anxiété l'angoisse du temps et de la maladie, qui tels des jardiniers consciencieux taillaient jour après jour un morceau de leur vie.

C'étaient des pauvres, avec des dettes à la banque et des factures impayées.

L'un d'eux devait de l'argent à des usuriers.

Trois ou quatre avaient sur eux des coupons du PMU, des billets de loterie ou du loto.

Tous avaient en eux des secrets, des fautes cachées et des choses qu'ils montraient rarement – ou jamais – à quelqu'un d'autre.

Le 1, avec son glaucome, presque aveugle de l'œil droit, avait sur lui un bracelet en poil d'éléphant que lui avait donné bien des années plus tôt une femme à l'aéroport avant de s'envoler pour l'Afrique du Sud.

Le 2 avait sur lui la plaque d'identité que son fils portait à son cou au service militaire.

Le 3 avait sur lui un couteau japonais Kershaw depuis la nuit où il avait vu deux drogués rosser un vieux sous le Pont pour lui voler son argent.

Le 4 avait sur un porte-clés les clés de la maison paternelle à Egine qu'il avait vendue jadis pour une bouchée de pain.

Le dernier arrivant, le 5, avait sur lui la fève qu'il avait trouvée dans la galette des rois cinq ou six ans plus tôt. C'était la seule fois où il avait eu la fève et il l'avait gardée sur lui tout le temps comme porte-bonheur. Puis la poche de son blouson s'étant trouée la fève s'était perdue dans la doublure et il ne s'était pas donné la peine de l'en sortir. Il l'avait totalement oubliée.

*

Ils avaient en eux beaucoup de vieilles chansons, beaucoup d'images et de souvenirs d'enfance. Ils avaient en eux la nostalgie du passé, qui avec le temps se faisait de plus en plus amère et au lieu de les remplir de joie les faisait se sentir encore plus vieux et impuissants.

Ils avaient sur eux les odeurs de leur maison. La fumée et la puanteur des cafés qu'ils fréquentaient. L'air pollué de Nìkea. Le parfum des orangers amers à l'approche de Pâques. Parfois ils croyaient avoir en eux la ville entière, les rues des patrics oubliées – rue Delmissou, rue Sinassou, rue Nikomidìas – et les ruelles des morts glorieux – rue Alèkos Moukhtoùris, rue des Héros du Gràmmos, rue des Combattants arméniens – et les rues adjacentes où les maisons de réfugiés faisaient le dos rond à l'ombre des immeubles de six ou sept étages. Ils croyaient avoir en eux parfois les places aux bancs défoncés, les églises et les cimetières et les anciens cinémas en plein air qui étaient devenus des supermarchés ou des boîtes de nuit.

Ils avaient en eux beaucoup d'images et beaucoup de voix, celles de vivants et de morts.

Tous, plus ou moins, avaient en eux une haine profonde contre les politiciens les médecins les employés de la Sécu – tous ceux enfin à cause desquels ils étaient forcés de passer cette nuit-là comme des sans-abri dans une rue glacée loin de chez eux.

Deux ou trois d'entre eux avaient en eux une haine profonde contre eux-mêmes, d'être si petits et insignifiants.

L'un d'eux avait en lui sa haine contre Dieu qui était sans doute possible plus cruel et plus injuste que les hommes.

Ils avaient en eux le poids de la faiblesse, du temps, de la maladie qui rongeait leur corps.

Par-dessus tout ils avaient la peur silencieuse et l'angoisse cachée de la journée qui venait et de toutes les journées qui la suivraient.

*

De temps à autre l'un d'eux apportait un carton ou cassait une palette et jetait les planches dans le feu. Ceux qui passaient en voiture dans l'avenue ralentissaient et les regardaient. Certains hochaient la tête, d'autres klaxonnaient pour les saluer ou se moquer d'eux. La plupart étaient jeunes, des couples ou des hommes ensemble qui devaient sortir d'une boîte de nuit.

L'homme au pliant, le 2, avait une bouteille de *tsìpouro* dans un sac de plastique du supermarché. Il l'a ouverte a bu un peu a gardé l'alcool dans sa bouche avant d'avaler. La semaine d'avant il avait fait le serment sur les ossements de son fils de ne jamais plus boire une seule goutte. Il savait bien que le serment ne comptait pas, il était bourré à ce moment-là. Mais là, dès que le *tsìpouro* est descendu en le brûlant, il a senti ses cheveux se dresser et quelque chose de glacé le frapper dans le dos. Il a frissonné.

Il a dit, écoutez les gars. Et si on appelait les médias ?

Les médias ?

Ben oui les télés. Elles viendraient montrer la merde où on nous a mis. Ce qu'ils nous font subir en pleine nuit, cette putain de Sécu et tous leurs ministères.

C'est vrai, c'est pas con. On pourrait très bien...

Oublie, mon vieux, a dit le 3, qui tisonnait le feu avec la branche de mûrier qu'il avait coupée. Ça me plaît pas.

Pourquoi ?

Comme ça. Je vais pas aller faire mon cirque à la télé. J'ai ma dignité, moi.

L'homme au pliant s'est mis à rire.

Vous entendez les gars ? Ce monsieur a une dignité. Il devrait nous en donner un peu s'il en a trop.

Les autres ont rigolé.

Le 3 les a regardés puis il a pointé sa branche sur l'homme au pliant.

Il a dit, doucement vieux débris. Me cherche pas, moi je me laisse pas marcher sur les pieds.

Encore ? s'est écrié le 5, arrivé le dernier. Ça suffit, enfin ! On ne va pas passer la nuit à se bouffer le nez.

Puis il s'est tourné vers le 1, qui lisait son livre un peu à l'écart en remuant les lèvres comme s'il délirait.

Il lui a dit, tu as commencé à raconter un truc. Viens plus près que les autres entendent.

L'homme a refermé son livre l'a mis dans la poche de son blouson et s'est rapproché du feu. La maladie avait blanchi les iris de ses yeux, les pupilles avaient presque disparu. Il avait vu que les autres le regardaient – il avait vu plein de gens le regarder ainsi – et un instant il s'est dit qu'il était temps de s'acheter des lunettes noires et de les porter jour et nuit. Ce genre de regard il n'en voulait pas. Il ne voulait pas faire peur aux gens, il ne voulait pas faire pitié.

Allez, accouche, a dit le 3. Faut qu'on se mette à genoux ?

Ils se sont regroupés autour du tonneau, les mains en avant, tout près des flammes.

*

Je revenais d'Amfiàli la nuit dans le froid et le brouillard, mais à pied pour économiser le taxi. Tout d'un coup du côté de .... j'entends un boum et je vois un violon par terre devant moi. J'ai eu peur, ça m'a coupé les jambes. Il s'en est fallu d'un cheveu. À deux mètres près je me le prenais sur la tête. Je lève le nez et qu'est-ce que je vois ? Un immeuble immense on en voyait pas le haut j'en avais le vertige. Un balcon était éclairé. J'entends du bruit une femme qui hurle. Mais les braves gens dormaient comme des bûches. Et dans la rue personne ne s'est pointé. Il y avait un brouillard à couper au couteau.

Bientôt je vois un jeune qui descend les marches en courant. Il portait un T-shirt et avait là en haut du bras comment qu'on dit un tatouage. Il était pieds nus décoiffé avec des yeux à te glacer le sang. Mais j'ai pas reculé.

Qu'est-ce qui se passe jeune homme ? Tu as failli nous tuer.

Va te faire foutre grand-père, qu'il répond. Pas fâché mais au bord des larmes.

Puis il se jette à quatre pattes et se met à ramasser tout ce qu'il trouve sur le trottoir. L'instrument était en mille morceaux. Les cordes ici le bois là-bas un vrai désastre. Mais lui a tout ramassé sans laisser la moindre esquille. Puis il a pris le violon dans ses bras et s'est assis sur les marches. Il le tenait dans ses bras comme un bébé. Moi plus loin je le regardais le bricoler tenter de faire quelque chose dans son angoisse. Et voilà, me suis-je dit. Ce violon ne jouera plus jamais de musique. Aucune chanson ne sortira de ses cordes. C'est trop triste.

Un bel instrument le violon, a dit le 4, celui qui avait des cailloux dans les reins. Mon père qui est mort, dès qu'il entendait du violon il se mettait à chialer. C'était un réfugié de...

Mais pas autant que l'accordéon, a dit le 2, et il a changé de position sur son pliant. Y a pas deux instruments comme l'accordéon. Mon fils je le suppliais à genoux d'apprendre à en jouer mais il ne m'écoutait pas. Il ne m'a jamais écouté. Il n'écoutait personne. C'est pour ça que.

Il a bu une gorgée de *tsìpouro* et ça l'a repris, ce frisson dans le dos. Il s'est levé de son pliant a sorti le peigne de sa poche et s'est peigné avec des gestes vifs. Il sentait les poils sur sa tête durs et pointus comme des épines.

Le 3 a frappé le flanc du tonneau avec sa branche.

Vous arrêtez un peu vos salades, vous deux ? Allez, cousin, raconte la suite.

Voilà ce que je pensais, a continué le 1, mais je ne disais rien. Je le regardais caresser son violon et moi pas un mot j'étais muet comme le pope qui vient de faire communier un mourant. D'abord j'avais pitié de lui ensuite j'avais la trouille qu'il prenne mal ce que je dirais. Parce qu'il avait l'air très remonté.

Attends, l'a interrompu le 3. J'ai pas pigé. Qui était mourant ?

L'homme au *tsìpouro*, le 2, a marmonné quelque chose et s'est mordu les lèvres en baissant la tête.

Pourquoi tu ris pauvre débile ? Je t'ai pas dit de pas me chercher ? Je t'ai pas dit que moi...

Mais oui on t'a entendu, a dit le 2. On te marche pas sur les pieds. Montre nous ce que tu fais avec tes pieds, grande gueule. Allez, danse !

Le 1 lui a touché l'épaule. Il a dit, s'il te plaît. À la lueur du feu ses yeux avaient pris une couleur jaunâtre bizarre. L'autre a frissonné. Recroquevillé sur son pliant il n'a plus moufté.

Puis le 1 s'est tourné vers le 3.

Quand le pope vient faire communier un mourant il ne doit pas parler, a-t-il expliqué. Ni avant ni après. Sinon la communion ne prend pas. Je ne le savais pas moi non plus. Je l'ai appris quand mon Mario est mort. J'ai fait venir le pope à l'hosto et il est venu puis reparti sans dire un mot. J'avais passé une semaine à l'hosto du matin au soir et je n'avais pas fermé l'œil. Je lui ai demandé de me parler de me dire quelque chose n'importe quoi. Mais lui, rien. Il n'a pas ouvert la bouche a pris l'argent et bonsoir. Pourtant dans des moments pareils tu veux entendre quelque chose, non ? Il y a des moments dans la vie où tu as besoin d'une parole humaine. Où tu veux entendre quelque chose pour ne pas.

Il s'est interrompu a respiré profondément comme s'il étouffait. Il était tout jaune maintenant. Personne n'a rien dit. On entendait que le grondement du feu et le bois qui craquait dans le tonneau.

Et ensuite ? a demandé le 5. Tu n'as pas terminé l'histoire. Qu'est-ce qui s'est passé ensuite ?

Ensuite on a entendu des cris là-haut. Je lève la tête je vois une femme la moitié du corps penchée par-dessus la rambarde et qui criait qui criait. Ce qu'elle pouvait cracher comme horreurs les gars. Je ne voyais pas son visage ni rien mais elle avait de longs cheveux noirs qui volaient dans le vent. Tu croyais pouvoir les toucher en tendant le bras. Qu'est-ce qu'ils m'ont rappelé ces cheveux ? Enfin. Elle gueulait de ces injures faut l'entendre pour le croire. J'en étais soufflé j'ai jamais entendu de femme jurer comme ça. Alors le jeune type me dit :

Tu l'entends grand-père ? Ça ne lui suffit pas de tuer mon violon elle m'injurie en plus ! Mais attends tu vas voir. Je vais remonter et jeter sa télé depuis là-haut. Œil pour œil. J'ai pas raison ? Tu vas voir comment on remet les pendules à l'heure. Tu vas voir la fête que ça va être.

Mais en disant ça il ne bougeait pas d'un poil. Assis là il fricotait dans son violon et lui tendait les cordes et se donnait un mal de chien pour rabouter les morceaux. Mais rien à faire.

L'ongle de son gros orteil était noir.

Ton ongle va tomber, que je lui dis. Ça fait drôlement mal quand l'ongle tombe.

Puis je ne sais pas comment ça m'est venu, je lui dis : Ne laisse pas tomber, mon gars. Faut espérer. Quand tu te ramasses faut te relever.

D'accord, grand-père, qu'il a dit. Tu as raison.

Et en effet, il s'est relevé le violon dans les bras, prêt à partir. À la porte il s'est arrêté pour me dire :

Tu sais quoi, grand-père ? Ce n'est pas la chute qui nous tue, c'est de s'arrêter brusquement. Tu comprends ? C'est s'arrêter brusquement qui nous tue.

J'ai réfléchi un moment.

C'est fort ce que tu as dit, que j'ai répondu enfin.

Mais il était déjà parti. Je l'ai vu tout courbé monter les marches et disparaître.

Je suis allé au coin de la rue et j'ai attendu. J'avais une de ces angoisses ! Je me suis dit maintenant il va sortir sur le balcon la télé dans les bras la jeter dans la rue et après tu imagines ce que sa femme va faire. Parce que je pensais à elle malgré toutes ces injures qu'elle lui avait balancées. Je me disais, ils sont si jeunes. Si jeunes, encore enfants, comment qu'on peut se détester autant ?

Et après ? a demandé le 3, qui allait presque éteindre le feu à force de fourgonner. Qu'est-ce qui s'est passé après ? Il l'a jetée la télé de merde ? Il aurait pas pu jeter aussi la gonzesse ? Elle le méritait bien la pute.

Il ne s'est rien passé, a dit le 1. J'ai attendu assez longtemps mais sans que rien ne se passe. Je n'entendais même pas la femme crier. Puis j'ai vu la lumière au balcon s'éteindre et tout s'est calmé.

C'est quoi ces conneries ? a crié le 3 en fouettant le tonneau avec sa branche. Allez, dis-nous ce qui s'est passé après. C'est pas possible qu'il ait rien fait. Pas possible. C'est quoi, cet homme-là ?

Oui, y a pas, il a sûrement fait quelque chose, a dit le 5, qui avait ôté ses lunettes et les essuyait avec son écharpe. Il a pas pu laisser passer un truc pareil.

Il ne s'est rien passé je vous dis. J'ai attendu dix minutes dans le brouillard fumé une cigarette et rien ne s'est passé. Puis je suis parti mais pas vers chez moi. J'étais trop remué fallait que je bouge. J'ai pris la rue Etolikou pour descendre vers le port. En chemin je pensais à ce que m'avait dit le jeune type sur la chute et s'arrêter brusquement. Ça m'avait bien intrigué. J'avais en tête quelques réponses toutes prêtes mais aucune d'elles ne collait. Tout en marchant je voyais les lumières du port grandir dans le brouillard. Au début c'était beau. Après ça faisait peur.

*

Une voiture sans pot d'échappement est passée dans la rue. Les détonations répétées les ont paniqués.

Va te faire foutre petit connard ! a crié le 3.

Puis il s'est tourné vers l'homme au *tsìpouro*.

Alors ça se passe comme ça dans ton village ? Yànnis offre à boire à Yànnis ? Fais circuler, buveur solitaire.

Il a pris la bouteille et bu sans poser ses lèvres. Puis il l'a passée à son voisin. Tous ont bu un peu.

Ton histoire on s'en serait bien passé, a dit l'homme au pliant. Tu cherchais quoi ? Tu nous as cassé le moral. Pauvre type.

Oui, a dit le 4. C'est vrai ce qu'il dit. Il a regardé le 1 dans les yeux puis a détourné le regard. C'est vrai ce qu'il dit. Tu nous as cassé le moral. Un homme un vrai aurait dû faire quelque chose. Au lieu de rester à pleurnicher sur son violon. Et toi tu t'es pas bien débrouillé. Tu aurais dû le conseiller autrement.

Le 1 les a tous regardés mais sans rien dire.

Le 3 a tisonné le feu avec sa branche puis l'a jetée dans le tonneau.

Moi, à sa place, j'aurais su quoi faire, a-t-il dit. Mais qu'est-ce que tu veux. Le monde aujourd'hui est plein de chochottes. Et qui porte la culotte ? Les femmes.

Il a sorti de sa poche un couteau et l'a soupesé dans sa main. Il a pressé un bouton et la lame a jailli, étincelant dans la lueur du feu.

Il a dit, moi je sais ce que j'aurais fait.

Le 1 sans un mot les a regardés un à un avec ses yeux malades. Il était tout recroquevillé près du tonneau les bras autour du corps le visage caché dans le col de son manteau. Ses épaules tremblaient.

Enfin il a dit, vous êtes des drôles de types.

Pendant un bon moment personne n'a rien dit. À la lueur du feu les visages semblaient déformés, pleins d'ombres qui changeaient de forme sans cesse. Puis quelqu'un, le 3, a fait un pas en arrière a levé la tête et regardé le ciel. Le ciel était gris terne comme un écran de télé sans image. Il l'a regardé très attentivement, presque sans bouger, comme s'il s'efforçait de calculer la distance qui le séparait du ciel et le poids du ciel, qui semblait être descendu en s'appuyant sur les terrasses des immeubles.

Il a dit, cette nuit n'en finit pas. C'est quelle heure ?

Puis :

Ces derniers temps je n'arrête pas de rêver que je tombe. Que je trébuche quelque part et que je tombe. La peur me réveille et mon cœur bat comme s'il allait claquer ou me sortir par les oreilles. C'est terrible de tomber. Vraiment. Terrible.

Les autres à présent regardaient en l'air eux aussi. Ils avaient tous levé la tête et regardaient le ciel.

Mais c'est quoi le pire ? a dit le 1. La chute sans fin ou s'arrêter brusquement ?

C'est toi qui peux nous le dire. Toi qui as lu plus que nous.

Je ne sais pas. Ce que je lis ne colle pas avec ce que je vois. Ce que je pense non plus. Rien ne colle.

Le feu s'éteignait. Quelqu'un est allé chercher une palette. L'avant-dernière. Pour les cartons pareil.

Ils se sont tous rassemblés autour du tonneau. Même le 2, qui sentait maintenant une douleur profonde voyager entre ses talons et sa taille, s'est levé de son pliant et s'est mis debout parmi les autres. Ils se sont rassemblés l'un à côté de l'autre les mains tendues vers le feu. Tout près du feu. Ils se touchaient par les coudes et les bras. Ils se serraient les uns contre les autres comme s'ils voulaient percer les vêtements épais qu'ils portaient et toucher la peau de l'autre. Ils se sont rapprochés les uns des autres. Mais en guise de chaleur ils ont senti un frisson passer d'un corps à l'autre – ils ont senti un courant glacé qui se ruait impétueux rompant le cercle des corps indifférent au feu qui brûlait à côté, si près de leurs mains si près de leurs poitrines de leurs visages.

*

Au point du jour, quand je suis passé par là pour aller au boulot, je les ai trouvés debout encore autour du tonneau. D'autres gens les avaient rejoints sur le trottoir, des vieux, des femmes, des étrangers. Mais eux étaient restés autour du tonneau, cinq hommes aux visages blêmes d'avoir veillé dans le froid, qui regardaient le feu s'éteindre à la lumière glacée du jour.

Moustache au charbon

En mars pendant les grandes pannes d'électricité Tàkis Vassàlos et moi nous sommes à l'ouzerie J'existe, au coin de la rue des Dames d'Amérique et de la rue Vithynìas en face d'un minuscule triangle appelé place de la Paix où l'on voit dans un coin une pancarte bizarre avec Armoires Immortelles écrit dessus et au milieu le buste de la doctoresse américaine Esther Lovejoy qui a sauvé beaucoup de gens ici dans le temps à ce qu'on dit après 1922.

Tàkis travaille ici comme serveur le soir de cinq heures à minuit ou une heure ou point d'heure. Le matin il travaille à la mairie en CDI. Il a deux boulots parce qu'il a deux enfants. Sa femme Vàsso est morte quarante-neuf jours plus tôt. Elle était en voiture à Fàliro quand elle a eu un infarctus et un passant l'a emmenée au Metropolitan – elle était encore vivante elle luttait ne cédait pas – mais là un problème s'est posé car on a refusé de la prendre en charge si l'homme ne payait pas son admission une histoire comme ça et le type a protesté naturellement – il ne la connaissait pas il passait par là quelle chose absurde on lui demandait là – et tandis que les pourparlers traînaient Vàsso est morte là dans le couloir de l'hosto entre des inconnus, loin de Tàkis et de ses enfants et Tàkis dit que s'il était un homme un vrai s'il avait deux sous de dignité il aurait dû le même jour entrer dans l'hosto avec deux grenades et faire sauter tout ce bordel et ses habitants, médecins infirmières directeurs, tous ces guignols et quelques autres encore. S'il était un homme un vrai s'il avait le sens de l'honneur s'il n'avait pas deux enfants et des prêts à rembourser et son appartement sous hypothèque. Si et encore si ma vie est pleine de si, dit Tàkis, comment ils ont fait pour me persuader que je suis affaibli foutu que je ne peux plus rien faire plus réagir ? L'argent n'est pas le problème, dit Tàkis, je ne veux pas recevoir d'argent ou me venger. Le problème c'est qu'il y a là une grande injustice et il faut que je fasse quelque chose je sais bien oui mais je ne sais pas qui est coupable ou innocent si je le savais tout serait peut-être différent, dit Tàkis. Tu vois ? Encore si. Encore et toujours si. Pauvre indécis.

Voilà ce que dit Tàkis les autres jours. Mais ce soir c'est différent. Ce soir où nous sommes assis dans le noir près de la vitre comme pendant l'Occupation ou une guerre où il fait noir partout les rues désertes le cœur glacé d'avoir froid d'être dans le noir, ce que dit Tàkis ce soir est différent. Juste avant il s'est levé pour prendre une lampe à gaz, l'a allumée a renvoyé sa patronne – une blonde un peu bizarre de Nèa Smỳrni qui était folle du chanteur Kazantzìdis et qui prononce drôlement certains mots – puis il revient à la table regarde la drôle de pancarte sur la place et me demande :

Tu veux quel *tsìpouro* ? À l'anis ou nature ?

Tu n'as pas de vin ?

Si.

Tu prends quoi, toi ?

Du *tsìpouro*.

À l'anis ou nature ?

Nature.

Moi la même chose.

Il apporte la bouteille avec du hareng des olives cassées de la queue de baudroie de la salade cuite au pissenlit puis il s'assoit et reprend la conversation là où il l'a laissée. Il parle du passé. Il parle de ce qu'ont vécu ici les réfugiés de 1922 arrivés dans des rafiots pourris à qui on passait la tête au goudron et de leurs premières baraques en terre mouillée des premiers puits qu'ils ont creusés puis il parle des années suivantes où ça s'est un peu arrangé, des marchands ambulants dans les rues – ceux qui vendaient des concombres et du pourpier les pêcheurs qui apportaient de Fàliro du poisson à friture du thon frais ou en saumure et les vendeurs de salep qui en été pilaient la glace et la mélangeaient à du jus de griotte, ce qui donnait un breuvage, le *karsabats,* qui réjouissait si bien qu'on oubliait un instant ses malheurs.

Tàkis boit son *tsìpouro* et regarde sans arrêt la pancarte sur la place qu'éclairent un instant les phares des voitures descendant la rue Kondỳli et de nouveau il fait noir. Il boit son *tsìpouro* croque un bout de hareng et raconte les temps anciens quand fleurissaient ici des milliers de coquelicots, au printemps les femmes ramassaient les graines des coquelicots pour parfumer le pain les biscottes et les enfants effeuillaient les coquelicots plaçaient dans leur paume les grands pétales rouges et de l'autre main donnaient un grand coup pour qu'ils éclatent et les pétales éclataient en faisant paf ! et leurs mains étaient rouges comme s'ils avaient tué quelque chose de vivant qui avait un cœur et du sang et le Jeudi saint les filles cueillaient les coquelicots pour le tombeau du Christ car tout le monde sait depuis longtemps qu'un coquelicot a poussé au pied de la croix sur le Golgotha et que le sang du Christ en coulant dessus a donné au coquelicot sa couleur aussi rouge que le sang – voilà ce que dit Tàkis et il frappe dans ses mains pour me montrer comment les enfants d'alors faisaient éclater les pétales du coquelicot puis il raconte la guerre l'Occupation la faim tous ces gens qui sont morts de faim ici même alors sous l'Occupation femmes enfants vieillards.

Il dit, tiens, là en face. Là sur la place il y avait alors un puits et une nuit une fille est morte tombée dedans étourdie par la faim ou le désespoir qui sait. On dit que la nuit en passant on l'entendait dans le puits pleurer crier demander secours. Mais maintenant ça ne craint plus. Maintenant tout est bétonné les rues les places maintenant c'est fini tout ça les morts chez les morts les vivants chez les vivants. Ensuite en 42 il y a eu la soupe populaire ici et un jour une petite fille est venue habillée en garçon avec une moustache au charbon tu comprends elle s'était dessiné une moustache sur la figure et les gens l'ont vu ça les a surpris. Quand ils l'ont questionnée elle a dit que sa mère était morte de faim sa grand-mère aussi que toutes les filles dans la famille étaient mortes de faim et c'est pour ça qu'elle s'était mise en garçon tu comprends pour tromper la mort – elle me prendra pour un garçon qu'elle leur a dit, et me laissera vivre. Sur la tête du Christ, c'est ce qu'elle a dit. Une petite fille je te dis, toute petite, sept-huit ans. Tu comprends. Elle s'était fait une toute petite moustache au charbon. Habillée en garçon. Pour tromper la mort.

Voilà ce que dit Tàkis puis il se tait et regarde encore la pancarte dehors sur la place où est écrit Armoires Immortelles en Aluminium ou Galvanisées Garanties 1000 % 14 rue Madỳtou en face Microland et il boit son *tsìpouro* avale avec lenteur et se tait. Mais moi je ressens un trouble bizarre. J'ai l'impression d'entendre tout non par les oreilles mais par le cœur. Les sons me cognent la poitrine. La voix de Tàkis le grondement des voitures qui descendent la rue Kondỳli et le vent qui siffle dans les fentes de la vitrine. J'ai l'impression d'entendre par le cœur les cigarettes qui brûlent le clic-clac du zippo et le grésillement de la lampe à gaz allumée sur la table. Un trouble bizarre me prend ce soir tandis que j'entends tout non par les oreilles mais par le cœur. Et je me dis que peut-être c'est mauvais signe, peut-être que je commence à perdre le contrôle et je m'inquiète et j'ai peur car tout le monde le dit, les riches comme les pauvres, aujourd'hui pour s'en tirer il faut avoir le cœur plus sourd que les oreilles. Riches et pauvres ils disent tous la même chose.

Tàkis s'essuie les mains puis souffle la fumée se roule une cigarette sur son genou d'une main l'allume et regarde dehors.

Il dit, armoires immortelles. Qu'est-ce que tu en penses, toi ?

Un bus vide descend la rue Kondỳli à toute blinde. La pancarte s'éclaire un instant, puis retourne dans le noir.

Sept-huit ans, dit Tàkis, et il souffle la fumée de côté. Une toute petite fille tu comprends. Elle ne voulait pas mourir elle voulait tromper la mort.

*

Samedi soir mais la salle est vide. Dehors nuit noire, peu de voitures, moins de gens dans les rues. La lumière de la lampe à gaz forme un halo bleu pâle qui s'étend autour de la table autour de Tàkis et de moi et couvre les murs d'ombres étranges.

Nous regardons dehors.

Une vieille passe avec une lampe torche. Une fille en vélo. Une chienne toute maigre enceinte, son ventre traîne sur le trottoir.

La peur me prend de voir le monde plongé dans le noir, comme si c'était la guerre ou l'Occupation comme si nous arrivait un grand malheur. Puis, un instant, pas longtemps, la peur devient sérénité quand je pense que dehors il fait noir il gèle mais que moi je suis dedans, au chaud, protégé, j'ai de la lumière de quoi manger et du *tsìpouro*, et Tàkis qui parle parle parle et il me semble que c'est ça la plus grande consolation – une voix dans la pénombre, une voix calme et familière, la voix de mon ami triste et enrouée.

Je veux lui demander comment il sait tout ça. Comment il sait ce qui se passait ici dans les temps anciens, comment il connaît les puits les réfugiés les soupes populaires les jus de griotte les coquelicots. Comment il sait qu'un jour ici une petite fille s'est habillée en garçon et s'est dessiné une moustache pour tromper la mort. Comment il sait tout ça, c'est ce que je veux lui demander, puisqu'il vient des îles, d'Amorgos et qu'il s'est installé ici quand il a connu Lèna. Comment tu sais tout ça ? Je veux le lui demander. C'est vrai ou tu imagines tout ? Mais je ne lui demande rien, je ne dis pas un mot, je regarde seulement la rue dehors dans le noir et cette pancarte bizarre sur la place et le halo bleu de la lampe à gaz et les ombres qui tremblotent sur les murs, ombres méconnaissables comme si elles n'étaient pas les nôtres, comme si c'étaient les ombres de personnages morts, des fantômes qui enhardis ce soir par la nuit noire sont montés jusqu'à notre monde, se sont glissés ici en douce, dans l'ouzerie J'existe au coin de la rue des Dames américaines et de la rue Vithynìas, en face d'un triangle minuscule appelé place de la Paix, où ils se sont assis pour entendre de quoi parlent ce soir les vivants voir ce qu'ils mangent et boivent. Pour se consoler. Ou pour savoir si les vivants se souviennent d'eux un peu ou s'ils sont oubliés tout à fait.

Tàkis allume une cigarette et le clic clac du zippo me frappe à la poitrine comme s'il me cognait avec. Il égalise le bout contre le cendrier, boit une gorgée, regarde la pancarte sur la place.

Il dit, l'autre jour un camionneur est passé, un type de Béotie qui a bourlingué. Il avait avec lui son beau-frère un Allemand mais qui n'avait pas du tout l'air Allemand un petit bonhomme tout maigre et tordu. Christian qu'il s'appelait Christian ou Kristen. Il bossait comme électricien dans une entreprise et un ou deux ans avant il était tombé d'un échafaudage. Cassé de partout il avait passé un an d'un hosto à l'autre. Mais il avait l'air sympa souriant il voulait payer la tournée. Donc ils se sont assis la salle était bondée ils se sont mis à parler aux autres et l'Allemand voulait savoir comment ça se passe pour nous ici et les autres lui disaient ici Fred on est pauvres on est maudits ici le riche dit au pauvre bosse mon pauvre que je ne devienne pas comme toi ce genre de discussion enfin discussion façon de parler parce que si un jeune type n'avait pas parlé anglais l'Allemand ne comprenait pas le grec tu comprends alors bonjour le sac de nœuds. Enfin je ne sais plus comment on a parlé du passé chacun s'est mis à raconter ses trucs et le mec ils ont failli le rendre fou. Les chleuhs ceci les chleuhs cela combien de gens ils avaient zigouillés sous l'Occupation en faisant ci en faisant ça si bien que ça commençait à chauffer alors je m'en suis mêlé je leur ai dit c'est une honte foutez-lui la paix arrêtez de lui taper dessus ! Et le Béotien qui dit bien parlé bande de charognes c'est un peu tard pour la Résistance et il me dit Tàkis mon pote va nous chercher un peu de *tsìpouro* que mon beauf en boive et qu'il voie ce que c'est parce que ces gars là-haut boivent que des bières et ce truc de merde comment qu'ils appellent ça schnaps schnoups. Alors j'apporte celui-là tu as vu ce que c'est un feu d'enfer. Je remplis son verre et le Béotien me dit donne-lui juste une dose de pédé Tàkis il a pas l'habitude il pourrait se faire du mal alors je vais pour mettre un glaçon dans son verre mais l'Allemand me dit nein nein no alors nous on dit santé on trinque et le malheureux hop il avale tout cul sec sans respirer. D'abord il reste raide puis ça monte il devient tout rouge ses yeux coulent il saute sur ses pieds se met à tourner entre les tables en titubant il pousse des aï aï aï comme là-bas zigzague comme s'il avait pris feu montre le *tsìpouro* en gémissant des aï aï aï et nous on le regarde sidérés on ne sait pas quoi faire alors lui sort un peigne de sa poche arrière et se peigne comme un malade un furieux tu comprends il croyait que l'alcool lui avait dressé les cheveux sur la tête et il tournait montrait le *tsìpouro* se peignait criait aï aï aï. Le bordel que c'était. Un bordel pas possible. Les autres se roulaient par terre de rire le Béotien riait aussi et pour finir l'Allemand aussi que faire d'autre il s'est mis a dire des *haften houften* comme là-bas et a manqué s'arracher la peau du crâne à coups de peigne le malheureux c'est pas tout de le dire il fallait le voir ah ce qu'on a ri ce soir-là. Et lui aussi donc. Ce qu'on a ri. Moi ça faisait des années.

Il se tait un instant éteint sa cigarette en roule aussitôt une autre. À la lueur de la lampe ses doigts sont bleus. Des doigts étranges pour un homme qui bosse jour et nuit – fins lisses et bleus. À l'annulaire droit les deux alliances en platine luisent elles aussi à la lumière bleue de la lampe, on dirait deux maillons d'une chaîne brisée.

Il allume la cigarette souffle la fumée vers le haut puis continue :

Au bout d'un moment donc un type allumé se lève écarte les tables et se met à tourner. L'Allemand le voit et d'un coup il se remet debout nous fait une courbette enlève ses grolles et se met à danser. Enfin danser le malheureux posait les pieds comme un immigré clandestin dans un champ de mines. Il bougeait à peine tu comprends. Et les autres qui commencent à taper dans leurs mains et je te crie òpa òpa et je te lance des serviettes en papier. Alors le Béotien ni une ni deux leur dit arrêtez bande de bœufs vous allez me le démolir mon beauf déjà que son corps ne tient qu'avec des vis ! Arrêtez je vous dis. Il se lève pour le retenir mais l'Allemand mon vieux il ne sent rien. Il a les yeux fermés les bras écartés tendus et il tourne pieds nus comme au septième ciel. Tu aurais dû voir ça. Comme il dansait cet homme cassé. Qu'est-ce qu'il pouvait savoir du bouzoùki et des *aman aman* ? Si le Béotien n'avait pas été là pour le retenir il nous aurait même dansé le tsiftetèli. Des trucs inoubliables, ici même. Et quand pour finir ils sont partis le Béotien l'a emporté dans ses bras tellement qu'il était crevé. On est tous allés à la porte pour les regarder partir. Le Béotien malabar de deux mètres qui le tenait dans ses bras comme un bébé. Et lui qui nous regardait en souriant nous faisait signe de la main et parlait comme là-bas. Mais tu aurais dû le voir. Comment il dansait. Comme il suait comme le mal qu'il se donnait pour bouger ses bras ses jambes. On aurait dit un petit môme qui apprend à diriger son corps. Ça faisait des années que je n'avais pas vu quelqu'un d'aussi comment dire ? Serein. Oui. Serein. J'avais oublié comment c'est. Et le lendemain le

Béotien est revenu prendre ses grolles. Dans la panique tu vois il les avait oubliées.

Tàkis se souvient de ce qui s'est passé ici ce soir-là rit de nouveau rit aux éclats et à la lumière menteuse de la lampe je vois sa bouche prendre une forme bizarre et les rides au coin de ses yeux ressemblent aux traces de pas que laissent les petits oiseaux sur la terre humide, plein de petites rides, fines crevasses, traces d'oiseaux effrayés envolés.

Je remplis les verres, on boit.

On regarde dehors. Nos visages sur la vitre luisent comme les traces de doigts d'une main énorme. Visages méconnaissables, visages d'autres personnes.

Armoires immortelles.

Encore un drôle de truc, dit Tàkis en clignant des yeux. Puis il passe la main dans ses cheveux les égalise à petits coups rapides comme si quelque chose de terrifiant lui était passé par la tête ou devant les yeux tout en regardant dehors la pancarte obscure sur la place.

Tu le savais qu'il y a des armoires qui ne meurent pas ? Tout meurt mais plus les armoires. Le monde change. Qui sait si un jour ? Tu comprends. On imagine. Tu vas me dire qui sera vivant alors pour voir ce qui se passe ? Mais j'y pense. Quarante-neuf jours ce soir, hein ? Je pense aussi aux enfants. L'aîné joue à des jeux sur son ordi. Nuit et jour sur son ordi. Quand est-ce qu'il va vivre, aimer ? Tu me diras le progrès la technologie. Je sais. Mais je le regarde et tout le temps c'est au passé que je pense. Je regarde mon fils et au lieu de voir devant moi je retourne au passé. Et j'ai honte comme si maintenant c'était un crime, la nostalgie.

Et je fais tout le temps des rêves de passé. Je rêve à ce que ça ferait si les choses s'étaient passées autrement. Mais c'est de la folie, non ? En principe on ne fait pas des rêves de passé mais d'avenir, non ? Mais je ne peux plus. Je ne peux plus je te dis tu comprends ? Quarante-neuf jours. Et le boulot mon vieux. Jour et nuit je vois des hommes brisés par le boulot. Des hommes fatigués effrayés. On dirait qu'on ne peut plus travailler sans peur. On dirait qu'on n'est plus payé pour vivre mais pour avoir peur. Et je me dis. Je me dis faut pas que ça m'arrive à moi aussi faut que je résiste et pas me laisser bouffer. Mais comment tenir le coup ? Plus le temps passe moi j'avance tandis que mon cœur et mon cerveau retournent vers le passé. Et je me dis tu vas voir qu'un jour on va se perdre nous trois moi mon cœur et mon cerveau. Tu vas voir qu'un jour je perdrai mon cœur et mon cerveau et alors il se passera quoi ? Je ne sais pas quoi. Un jour. Voilà.

Dehors il fait plus noir encore, les rues sont désertes, les vitres gémissent dans le vent.

Il repousse en arrière sa chaise et allume une cigarette. Son visage éclairé un instant par la flamme du briquet devient de nouveau plus sombre.

On regarde dehors.

Armoires immortelles, dit Tàkis et sa voix semble plus sombre elle aussi.

La lumière de la lampe a baissé, les ombres se sont effacées des murs, dedans aussi bientôt il va faire noir.

Il dit, armoires immortelles.

Armoires immortelles.

Étrangères. Exotiques

Il parle beaucoup à Lèna la nuit. Vassìlis. La nuit Vassìlis parle beaucoup à Lèna. Il lui dit des choses pour qu'elle s'endorme et d'autres pour qu'elle reste éveillée. Il ne lui parle pas du passé de la maison perdue du boulot perdu de la vie perdue. Il lui parle d'autre chose. De choses éloignées d'eux, étrangères exotiques. Les plus hauts bâtiments du monde et l'endroit où ils se trouvent. Quelles seront les plus grandes villes du monde en 2050. Quels animaux vivent en Australie. Quels sont les volcans de l'Alaska et ceux d'Indonésie. Voilà ce que dit Vassìlis à Lèna la nuit. Des choses étrangères. Exotiques.

Les premiers temps, quand ils sont arrivés à Nìkea, il lui lisait des contes. Plein de contes, des livres entiers. Des contes de Crète, de Thessalie, d'Épire, d'Asie Mineure. Plein de contes. .... L'arbre-serpent. Demi-cul. Jean des Larmes. Le platane et les quarante dragons. Jean l'Ours. Les noctambules. Les branches d'or. Le bonhomme en pain d'épice – son préféré. Puis des contes de Chine, d'Inde, d'Amérique du Sud. Plein de contes. Deux ou trois contes chaque nuit toute la nuit. Les contes qu'il n'avait pas lus enfants il les a lus à Lèna ces nuits-là. Tous les deux aimaient les contes. Ils oubliaient un instant, la nuit est un martyre dans ces cas-là. Dans la journée les choses terribles se voient. Le boulot, les factures, les appels des banques pour des retards de versements. Mais la nuit c'est différent. La nuit te ronge. Les souvenirs aussi sont terrifiants. Ils se glissent dans les draps comme des serpents. Ils viennent comme ça la nuit les souvenirs. Alors ils lisaient des contes. Vassìlis lisait, Lèna écoutait. Deux ou trois contes chaque nuit toute la nuit jusqu'à l'aube, jusqu'à ce qu'on voie par la fenêtre du balcon la lumière grise du jour.

Mais plus tard ils se sont mis d'accord pour arrêter.

C'est pas juste, a dit Lèna. Tu t'endors avant moi.

*

Nous rêvons en moyenne 1460 fois par an.

Chaque rêve dure en moyenne deux ou trois secondes.

Aucun être humain ne peut lécher son coude.

Le corps humain contient assez de fer pour fabriquer un petit clou.

La longueur de ton pouce est égale à celle de ton nez.

Le cœur de la femme bat plus vite que celui de l'homme.

À la conférence internationale de Melbourne sur la durée de la vie le professeur australien de médecine alternative Mark Cohen a révélé que les lapins qu'il caressait chaque jour dans son laboratoire avec ses assistants avaient une vie plus longue de 60 % que les autres lapins privés de caresses.

Quelqu'un dans l'assistance a demandé si c'étaient de vrais lapins ou ceux de Playboy.

Novembre. Ce soir il gèle et le vent s'est levé. Vassìlis fourre la main sous les couvertures touche la poitrine de Lèna pose l'autre main sur sa poitrine à lui et compte les battements. Il compte les battements et les lumières dans la rue qu'on voit par la fenêtre du balcon en face dans le fond. Une rue qui monte en tournant tout le temps et qui la nuit semble se perdre dans le ciel. Vassìlis ne sait pas où va cette rue. La rue du Ciel – c'est le nom qu'il lui donne. Rue du Ciel. Il dit souvent qu'ils devraient aller un soir en voiture voir où elle commence où elle finit et compter les lumières jaunes mais Lèna dit non. Elle s'en fiche de savoir quelle rue c'est quel est son nom où elle commence où elle finit. Elle s'en fiche de Nìkea, complètement. Nous on est de passage, dit-elle à Vassìlis. De passage étrangers. Tu parles d'une vue, dit-elle. Où sont les montagnes les arbres la mer ? Des immeubles des terrasses des poteaux électriques. Tu parles d'une vue. Ceux qui vivent ici je les plains. Mais nous ça va. Nous on est de passage. C'est pas vrai ? Dis-le que je l'entende. Dis-le qu'on est de passage.

Sa main quitte lentement la poitrine de Lèna il se lève lentement et regarde dehors. Deux eucalyptus dans la rue d'en bas, leurs branches se mêlent et se séparent selon le vent. Des eucalyptus. Des arbres venus d'ailleurs mais qui ont pris racine eux aussi dans ce coin. Toutes les nuits il jette un œil aux arbres et compte les lumières dans cette rue qui semble se perdre dans le ciel. Et toutes nuits il perd le compte mais ne laisse pas tomber. C'est ainsi que Vassìlis passe les nuits. Comptant les lumières, regardant les arbres, parlant à Lèna – pour qu'elle s'endorme ou pour qu'elle reste éveillée. Et le matin au boulot les autres le voient blême de fatigue et ils se marrent.

Qu'est-ce qui t'arrive, Bill ? Tu as encore baisé Blanche-Neige hier soir ?

Lèna lève la tête et le regarde.

Elle dit, tu comptes encore les lumières ? Je n'aime pas cette rue, je te l'ai dit. Sa façon de se terminer brusquement. On n'ira jamais la voir tu comprends ? Jamais.

*

C'est bizarre comment les choses arrivent quelquefois. On grandit on vit des situations on lit des livres on voit des gens des lieux et on arrive à un âge où on croit, où on est sûr que la vie n'est faite que de hasard, que notre vie à nous et la vie de chaque être humain est un petit univers inversé où tout se balade à l'aveuglette sans but, un univers sans dieu, sans loi, sans but – un chaos. Puis quelque chose se passe et notre croyance est ébranlée alors on se demande si on ne se serait pas trompé, peut-être qu'il y a quelque chose après tout qui donne un sens au chaos, une corde peut-être qui relie toutes les choses de notre vie, une corde cachée qui attache ensemble tous les éléments de ta vie, une corde cachée qui attache ta vie aux vies des autres. Et tu es terrifié. Terrifié parce que si c'est vraiment terrifiant de vivre dans le chaos c'est deux fois plus terrifiant de savoir qu'on ne vit pas dans le chaos mais dans un monde avec des lois et des règles mais qu'on ne les connaîtra jamais, qu'on est incapable de les apprendre – on aura beau chercher, on ne pourra jamais la trouver cette fine corde cachée, s'y accrocher pour s'en sortir, pour savoir où elle commence où elle finit.

Quand la maison a brûlé Lèna était enceinte de douze semaines.

Ce qui s'est passé, personne n'a su si c'était la faute aux étoiles, la faute à l'éclipse de soleil en juillet ou à Pluton qui depuis avril était rétrograde. La sœur de Lèna a gagné quatre cent mille euros au joker et décidé de fermer la librairie pour vivre sa vie, pour voyager dans des lieux incroyables – Alaska, Pérou, Kenya. Elle a toujours cru qu'il y a seulement deux façons de connaître soi-même et le monde : lire et voyager. Les livres et les voyages. Après vingt ans dans les livres elle avait maintenant l'occasion de voyager où elle voulait, de connaître des gens, des lieux, des odeurs, des goûts. Incroyable, non ? Elle était folle de joie. Presque prête à croire que finalement Dieu existe même si elle ne l'aurait jamais dit à personne – ses amis se paieraient sa tête sûrement. Ils se fâcheraient comme ils s'étaient fâchés auparavant, quand elle leur avait dit : puisque paraît-il Dieu est une création des hommes alors celui qui s'en prend à Dieu s'en prend aussi aux hommes – donc les athées ne seraient-ils pas misanthropes ? Elle ne l'avait dit qu'à sa sœur et à Vassìlis. Elle a dit que finalement Dieu existe peut-être. Elle voulait qu'ils reprennent la librairie et qu'ils emménagent dans sa maison, à côté de la librairie, pour l'entretenir. Rien à payer, même pas les factures.

Elle a dit, c'est gagnant pour tout le monde. Vous aurez la maison gratos et moi j'aurai des gardiens gratos. Je ne veux pas de mais. On fait comme ça.

Elle a pris la main de Lèna et l'a serrée dans les siennes. Sa main tremblait. Elle avait les larmes aux yeux.

Elle a dit, vous connaissez le métier. En cas de besoin vous m'appelez. On se parlera tous les jours au téléphone, d'accord ?

C'était un soir de la fin mai. Ils se trouvaient dans la cuisine. Vassìlis avait préparé du café pour elles deux, lui buvait du cognac dans un grand verre. La nuit était tombée mais ils n'ont pas allumé. Lèna jouait avec les perles du collier en regardant Vassìlis.

Je ne sais pas, a dit Vassìlis. Tout ça nous tombe dessus si vite. C'est une telle responsabilité, on va s'en tirer comment ? Nous deux on n'est pas faits pour être patrons. Gardiens non plus.

Arrête, a dit la sœur de Lèna. Écoute. Regarde-moi. Écoute. Je vous laisse la meilleure librairie de La Canée et je suis sûre que vous en ferez la meilleure de toute la Crète. J'en suis sûre.

Elle s'est penchée pour caresser le ventre de Lèna.

Elle a dit, il faut penser à l'avenir. Vous n'êtes plus seuls. Puis elle a ouvert son sac en a sorti trois écrins qu'elle a ouverts et leur a montré trois croix en platine qu'elle avait achetées – une pour chacun. Pour mon filleul j'achèterai une croix avec des diamants, a-t-elle dit en caressant de nouveau le ventre de Lèna.

Elle a tendu les mains.

Elle a dit, tout ira bien. Vous allez y arriver, j'en suis sûre. La foi. C'est ça qui compte plus que tout. Ceux qui ne croient en rien sont aussi malheureux que ceux qui cherchent à croire en quelque chose. La foi n'est pas le chemin. La foi est le bout du chemin. Ou elle peut être un chemin sans début ni fin. Voilà. Moi je suis très optimiste. Nous sommes d'accord ?

C'est bon, a dit Lèna.

Moi si je gagnais au joker tu verrais comme je serais optimiste, a voulu dire Vassìlis – mais il n'a rien dit.

Il a vidé son verre a essuyé sa main sur sa blouse et a pris la main tendue de cette femme.

*

Quand la maison a brûlé Lèna était enceinte de douze semaines.

C'était le dernier week-end de juillet. Sa sœur était rentrée du Mexique et le lundi elle allait repartir au diable – au Népal, en Inde, quelque part là-bas. Complètement folle. Elle allait payer le billet d'avion à Lèna pour qu'elle vienne la retrouver à Athènes. Il fallait absolument qu'elles se voient, la sœur s'ennuyait d'elle. Elle avait tant de choses à lui dire, des choses incroyables qu'elles avaient vues et entendues au Pérou au Mexique. Elle allait lui parler des Mayas, des Incas et des Aztèques, de la péninsule du Yucatán, du soleil de Mazatlan qui à son coucher prend une couleur verte incroyable.

J'ai déjà entendu ça, a dit Vassìlis. Le soleil est vert là-bas. Comme les salades.

Qu'est-ce que tu en penses ? a demandé Lèna. J'y vais ?

Vas-y. Et tâche de lui parler carrément. Demande-lui où ça nous mène cette histoire. Nous tenons une boutique étrangère et nous habitons dans une maison étrangère. Elle, bon, elle est pleine aux as et se prend pour Philéas Fogg. Mais nous, qu'est-ce qu'on devient ? On est sur la corde raide. Ça peut la prendre, là où elle sera, de distribuer son fric aux enfants de Calcutta puis d'aller dans la jungle nourrir les éléphants. Je ne sais pas. Combien ça va durer cette histoire ? La nuit je peux pas fermer l'œil. Je ne pense qu'à ça.

Parce qu'avant on était où ? C'était pas la corde raide avant ?

Elle a ouvert le frigo s'est versé un verre d'eau et a laissé la bouteille sur la table. La télévision disait qu'on aurait la canicule jusqu'au lundi. Quarante degrés. La nuit c'était pire, aucune fraîcheur. Elle est venue s'asseoir sur les genoux de Vassìlis elle a pris sa tête et l'a posée sur sa poitrine. Elle s'était alourdie ces derniers temps et son visage enflé luisait comme si elle était sans arrêt en sueur. Le matin elle avait des vertiges et se plaignait tout le temps d'être épuisée. Certains jours elle venait à la librairie l'après-midi seulement et sans aider en rien. Elle restait à la caisse et lisait des livres pour bébés.

Nous ne sommes pas des étrangers, a dit Lèna. C'est ma sœur. La boutique et la maison ne sont pas étrangères pour nous. Qu'est-ce qui te prend de dire des trucs pareils ?

Elles ne sont pas à nous non plus. Pas étrangères mais pas à nous. Cette incertitude ça me rend fou.

Il a pris une cigarette dans le paquet et l'a mise dans sa bouche sans l'allumer. Cela faisait un mois que Lèna ne le laissait plus fumer chez eux. Elle insistait pour qu'il cesse de fumer. De boire aussi. Ce n'est plus comme avant, a-t-elle dit. Tu as fini de jouer à Billy-le-Kid. Tu seras bientôt papa, a-t-elle dit et elle a ri. Tu vas devenir monsieur Vassìlis. Puis le père Vassìlis. Puis grand-père Vassìlis. Et moi, mamie Lèna.

Elle riait.

Il tortillait la cigarette entre ses doigts et l'a posée sur la table. Lèna buvait son eau à petites gorgées. Elle la gardait dans sa bouche pour la réchauffer puis l'avalait lentement. Tandis qu'il la regardait de biais, en tordant le cou, son visage lui a paru méconnaissable. Déformé. Il a fermé les yeux.

Mais c'est injuste, a-t-il dit.

Quoi ?

Tout ça. Trois cent mille euros. Trois cent mille. Ça me dépasse. Elle ne nous a même pas dit, prenez deux mille euros mes chéris pour aller vous éclater quelque part vous aussi. Tout ce qu'elle a trouvé, c'est des petites croix. Comme si on était des sauvages. Tu parles d'une sœur. Tu peux te la garder.

Lèna sur ses genoux s'est levée pour se rasseoir sur une chaise. Elle a regardé la bouteille en sueur sur la table.

Elle a dit, plaignons qui n'a pas d'ongles et attend des autres qu'ils le grattent. C'est ce que disait ma mère.

Puis elle a dit qu'elle avait peur de prendre l'avion. Qu'elle en avait parlé au médecin qui avait trouvé ça normal. Mais elle avait peur.

Vas-y, a dit Vasssìlis. Vas-y et discutez. Explique-lui notre situation. Dis-lui qu'il faut faire quelque chose.

J'irai. Mais j'ai peur.

Soudain ses bras étaient pleins de petits points gonflés. Elle a posé son verre et s'est mise à se frotter.

Ça va bien, a-t-elle dit. Ça va. C'est fini.

Puis ils n'ont plus rien dit. Ils regardaient la bouteille en sueur. Une goutte a coulé du goulot. Puis une autre. Et une autre.

*

Tout un week-end. Combien d'années avaient passé depuis son dernier week-end passé tout seul ? Beaucoup sûrement. Le matin il a conduit Lèna à l'aéroport et au retour la nostalgie l'a pris, il en tremblait. La nostalgie des années où il était seul, où il buvait seul, où il marchait seul pendant des heures de Pahiana jusqu'à Soùda et retour. Seul. Avec d'autres soucis, sans soucis. Seul.

Il a ouvert la librairie et avant midi il a parlé deux fois à Lèna au téléphone et vidé une bouteille de *tsikoudia*. Puis il est passé chez lui à côté a continué de boire a mis de la musique et a dansé dans le salon obscur et dansant suant buvant il s'est souvenu de ces années où la musique était son seul ami, ces années où la musique lui donnait des forces et il se sentait invincible. Il s'est souvenu de ces années où il rêvait de devenir chanteur, d'être une rock star, de donner des concerts et des interviews. New Idols, tel serait le nom de son groupe.

Nouvelles idoles. D'après une phrase du *Zarathoustra* de Nietzsche dont il ne se rappelait plus ce qu'elle voulait dire.

Bientôt fatigué, ayant le tournis, il s'est couché par terre pour reprendre son souffle. Dans la vie on n'obtient pas ce qu'on mérite mais ce qu'on revendique, disent les guides pour réussir. Et là, dans l'obscurité, regardant les objets étrangers autour de lui, humant l'odeur étrangère de l'appartement, il s'est souvenu qu'il n'avait jamais rien revendiqué de sa vie. Et il s'est rendu compte que désormais, même s'il le voulait, il serait trop tard pour revendiquer quoi que ce soit.

Il s'est souvenu de ce qui s'était passé en octobre un an plus tôt dans leur logement d'avant. C'était un samedi après-midi, dehors il pleuvait et le vent soufflait. Couché sur le canapé il écoutait la pluie et se tâtait la poitrine là où le médecin l'avait rasé. Il lui avait collé avec des ventouses un machin qui comptait les battements du cœur. Le mercredi d'avant à la boutique il s'était évanoui brusquement. Lèna l'avait emmené tout de suite chez un cardiologue. Tension, électrocardiogramme, doppler. Le médecin l'avait ausculté pendant une heure. Il avait demandé, tu as des angoisses, et Vassìlis avait dit que non mais ce n'était pas vrai. Ils étaient de nouveau sans le sou – la sœur de Lèna ne les paierait qu'à la fin du mois, ayant des traites à rembourser.

Ce qu'il te faut, c'est moins de café, de tabac et d'alcool, a dit le médecin. Et moins de sel. Mets-toi à la marche. Et reviens dès que tu pourras, qu'on fasse un test de fatigue. Apparemment tu n'as rien de grave mais plus les années passent plus il faut prendre soin de la machine.

Soixante-dix euros qu'il lui a pris. Cinquante de consultation plus vingt pour l'engin.

Il écoutait la pluie et se frottait la poitrine là où le médecin l'avait rasée quand Lèna s'est penchée sur lui et lui a embrassé l'oreille. Elle a dit, réveille-toi. Lève-toi j'ai une surprise pour toi. Elle l'a pris par la main lui a fermé les yeux et l'a emmené dans la cuisine. Un instant – quelle idée – il a cru qu'en ouvrant les yeux il verrait sur la table de l'argent étalé. Quand il les a ouverts il a vu un plat rempli de petits pains ronds au sésame.

Et voilà, a crié Lèna en riant et frappant dans ses mains. Qu'est-ce que tu en dis ? Tu n'en reviendras pas, tu vas voir. Tu n'en as jamais mangé des comme ça. Attends ne commence pas tout de suite. Je vais nous faire du chocolat. Ah ça, elle en prépare des bonnes choses ta petite Lèna !

Elle a préparé du chocolat allumé des bougies mis 16 Horsepower sur la chaîne stéréo et ouvert la porte du balcon. Assis sur le canapé ils ont mangé les petits pains et bu le chocolat en écoutant la musique, en regardant la pluie, dans une odeur de terre mouillée. Les petits pains étaient croquants avec un goût de cannelle.

Je n'ai peur de rien, a dit Lèna. Elle l'a regardé dans les yeux. Ni pour le boulot ni pour l'argent. De rien.

Même pas de la maladie. C'est vrai. J'ai la foi en moi. Je crois en Jésus-Christ. Je crois en nous. Je ne manque de rien. De rien.

Il voulait répondre mais elle ne l'a pas laissé.

Elle a dit, assez parlé, emmène-moi tout de suite au lit.

*

Il faisait nuit quand Lèna l'a appelé. Elle a dit, qu'est-ce qui t'arrive ? Tu as une drôle de voix. Il a dit qu'elle l'avait réveillé. Qu'il allait se rendormir et qu'ils se parleraient le lendemain matin. Puis il est allé dans la cuisine allumer le four pour réchauffer le repas. Lèna avait préparé de la chèvre aux patates. Il a mangé à même le plat comme une bête, avec les mains. Il avait faim. Il a mangé la moitié du plat et bu une bouteille de *tsikoudia* – la troisième de la journée. En ouvrant le frigo pour prendre la bouteille il a regardé les rayons vides dans la lumière blanche glacée qui sortait du frigo. L'air glacé l'a frappé au visage. C'était comme si s'ouvrait la porte d'un monde étranger bizarre prêt à l'engloutir. Il a refermé le frigo et maintenu la porte fermée à deux mains.

Puis il est sorti.

Il a descendu la rue Kydonìas traversé la place et pris la rue Hàlidon pour descendre au port. Tournant à droite dans une ruelle il est entré au Labyrinthe. Combien d'années ? Le barman avait changé. La musique avait changé. Les clients avaient changé – des fiottes en bermuda aux cheveux laqués. Il a regardé les femmes. Elles semblaient toutes enceintes. Grosses blêmes suantes. Il avait envie de vomir. Il est ressorti en courant. Il a acheté des cigarettes et de la *tsikoudia* à la supérette de Kastànis et s'en est allé à pied vers Soùda. Ses bottes claquaient lourdement sur le trottoir. Hiver comme été il portait des bottes, à l'école déjà. Il aimait l'odeur du cuir, le claquement des talons, le sentiment de sécurité. Il avait l'impression de porter une cuirasse. Il détestait les chaussures, il disait que c'était une honte pour un homme de montrer ses chaussettes. Mais ces derniers temps Lèna le poussait à mettre des chaussures de sport en été. Elle disait, tu vas t'abîmer les pieds à les garder enfermés tout le temps.

Devant les écoles à Koubès il a buté contre une dalle brisée et failli tomber. Sa botte droite était éraflée. Il s'est penché pour la frotter de la main, a caressé le cuir dur et noir.

Il a dit, eh bien non. Non. Toute ma vie je porterai des bottes. Un point c'est tout.

Et il s'est réjoui d'avoir enfin quelque chose à revendiquer.

*

Quand la maison a brûlé Lèna était enceinte de douze semaines.

Il n'a rien vu rien entendu. Mais depuis la rue d'en bas il a senti l'odeur de brûlé. Depuis le coin de la rue il a vu l'attroupement devant la maison. Quelqu'un est accouru en criant son nom et l'a pris par les épaules. Il a vu la porte enfoncée, les murs noircis, la rue pleine d'eau. La vitrine de la librairie dévastée. On l'a fait asseoir sur les marches de la maison d'en face, on lui a donné de l'eau. Tout le monde parlait en même temps. Four allumé. Incendie. Pompiers. On t'a cherché. Voilà ce qu'il se rappelle. Il se souvient qu'une vieille lui jetait de l'eau sur le visage et lui frottait énergiquement les joues, le front, le cou en pleurant et répétant oh là là mon pauvre gars.

La même chose, encore et encore.

Oh là là mon pauvre gars. Oh là là mon pauvre gars. Oh là là mon pauvre gars.

*

Parlant à Lèna pour qu'elle s'endorme ou pour qu'elle reste éveillée. Selon. Mais parlant. Chaque nuit toute la nuit. Jusqu'à ce que sa voix dans la chambre obscure semble n'être plus sa voix mais un bruit de la nuit. Chaque nuit toute la nuit. Le matin au boulot il vole un peu de temps et va sur Internet ou feuillette des almanachs américains à la recherche d'informations et de chiffres. Il se prépare du mieux possible pour la nuit puisque la nuit il doit parler à Lèna – il ne peut pas la trahir, il ne peut pas la laisser à jeun. Lèna a faim. La nuit a faim. Et Vassìlis les nourrit de trucs inutiles de déchets – informations et chiffres – puisque s'il ne les nourrit pas elles vont le manger. Chaque nuit il parle il parle il parle jusqu'à ce qu'il ait la bouche sèche et chaque nuit il supplie en lui-même qu'il puisse dormir une nuit sans parler, qu'il puisse dormir une nuit sans paroles sans rêves sans soucis.

Ce soir il reparle à Lèna des mystères du corps humain des mystères du sommeil et des rêves.

Puis il lui parle des lapins du docteur Cohen.

À la conférence internationale de Melbourne sur la durée de la vie le professeur australien de médecine alternative Mark Cohen a révélé que les lapins qu'il caressait chaque jour dans son laboratoire avec ses assistants avaient une vie plus longue de 60 % que les autres lapins privés de caresses.

Lèna sursaute et marmonne quelque chose puis se calme. Elle doit rêver, se dit Vassìlis et il compte jusqu'à trois – les rêves durent en moyenne deux ou trois secondes. Mais c'est peut-être à cause du froid. Cela fait près d'un mois que les radiateurs sont fermés. L'immeuble n'a plus de fioul, les locataires n'ont plus de quoi payer les charges. Depuis un mois tout le monde s'engueule. Les immeubles. Le froid, l'humidité, les murs en papier. Les murs en papier. Pendant le jour les bruits des gens pendant la nuit les bruits des choses. Portes fermées, robinets qui coulent, télés à fond. Des bruits. Une rumeur jour et nuit qui n'arrête pas. Dans l'autre maison c'était différent. L'autre maison c'était une vraie maison. Mais ça il n'en parle pas à Lèna. Il ne lui dit rien de la maison perdue du boulot perdu de la vie perdue.

Il se lève du lit en retenant son souffle. Très lentement très prudemment. Il lui semble passer une heure entière à se lever. Plus une heure pour sortir de la chambre à cause du plancher qui grince. Il ne grince pas. Il gronde comme une bête quand on lui marche sur la queue. De la chambre à la cuisine, encore une heure.

Comme pour aller de La Canée à Soùda, se dit Vassìlis.

À la cuisine il allume une cigarette et entrouvre la fenêtre pour faire partir la fumée. Novembre. Le vent souffle à nouveau ce soir. On se gèle. Il fume il a froid et il se dit, comme ça serait bien si ce soir il avait un peu de *tsikoudia*, une goutte de vin, quelque chose. Il fume et se souvient d'un de ses oncles en Crète que sa femme un jour avait enfermé à la maison pour qu'il n'aille pas à la taverne et qui a bu toutes ses eaux de Cologne. Il s'était fait virer de son boulot deux ans avant la retraite. Puis ç'avait été la dégringolade. Il cherchait des petits boulots, il avait même livré des brochettes à vélomoteur. Personne n'a compris comment on pouvait devenir ivrogne à soixante ans.

Il fume et des choses bizarres lui passent par la tête.

Il fume et regarde les eucalyptus dans rue en bas, leurs branches se mêlent et se séparent selon le vent. Il fume et compte les lumières dans la rue en face qui semble se perdre dans le ciel. La rue du Ciel. Il dit souvent qu'ils devraient aller un soir en voiture voir où elle commence et où elle finit et compter les lumières jaunes mais Lèna dit non.

Elle dit, je n'aime pas cette rue. Sa façon de se terminer brusquement. On n'ira jamais la voir tu comprends ? Jamais.

Il fume jusqu'à ce que la cigarette s'éteigne toute seule et ouvre un peu le robinet de l'évier avant de jeter le mégot dans le siphon. Il vérifie un par un les feux de la cuisinière. Il vérifie qu'aucune bougie n'est allumée, que le grille-pain n'est pas branché, qu'il a éteint le chauffe-eau. Il s'assure que le danger d'incendie est négligeable.

Lèna a les mains croisées sur sa poitrine. Il s'allonge près d'elle et elle ouvre les yeux.

Qu'est-ce qui se passe ? demande-t-elle. Pourquoi tu t'arrêtes ?

J'ai cru que tu dormais. Désolé.

N'arrête pas. Parle. Faut que j'entende ta voix.

Elle ferme les yeux. Vassìlis s'appuie sur son coude se met sur le côté regarde les lumières de la rue qui monte. Puis il se penche au-dessus de Lèna et commence à lui caresser les oreilles. Lentement doucement décrivant des cercles il caresse les oreilles de Lèna. C'est la première fois que ça lui arrive. La première fois. Il entend les battements de son propre cœur. Lèna ronronne et il croit voir dans l'ombre trembler ses lèvres. Ou peut-être pas. Mais elle ronronne, c'est sûr – et ça c'est le seul bruit qui ne lui fait pas peur. Le seul bruit de la nuit qui met un rien de douceur dans son cœur.

Il se remet à parler.

Pour les pauvres

Perdre son boulot c'est comme se casser la jambe.

Le jour où on s'est fait virer du boulot je suis descendu au port. À pied depuis Korydallos comme si on me pourchassait rue Halkidòna Maniàtika rue Thermopylon pour tomber pile après Àyos Dionỳsis sur le quai des Crétois. J'étais comme pourchassé parce que c'était une journée comment dire terrifiante en juillet l'après-midi tout était noir de chaleur. Il y avait une lumière étrange ce jour-là noire et dure comme une punition qui changeait la forme des choses les rendait toutes méconnaissables maisons rues voitures on se croyait étranger en pays étranger les gens avaient disparu on ne voyait de temps en temps qu'un chien apeuré qui léchait l'eau suintant des climatiseurs là-haut qui vibraient et haletaient et moi j'avançais les yeux au ciel et je me disais que là-haut c'était un autre jour un autre pays un jour frais un pays qui dormait frais repu terrifié. J'avançais mais j'avais du mal comme si j'avais quelque chose de cassé en moi comme si les paroles d'Àris m'étaient restées en travers ce qu'il avait dit en vidant son armoire en pliant sa salopette ses gants sa grosse ceinture kaki tous ses vieux vêtements qu'il pliait lentement et soigneusement comme si ce n'étaient pas ses vêtements de travail sales troués tachés mais les vêtements d'un homme qui était mort soudain laissant tout derrière lui si bien qu'un vivant devait les recueillir ce qu'il faut toujours faire il faut toujours que quelqu'un recueille les affaires des morts car les affaires que les morts laissent derrière eux sont la dernière amarre et il faut toujours qu'un vivant largue cette amarre car aucun homme n'est une île c'est vrai nous sommes tous des bateaux.

Les paroles d'Àris.

Perdre son boulot c'est comme se casser la jambe.

*

J'avais mon coin là-bas au port. Un coin à moi, un second chez-moi, un banc de bois déglingué près de l'endroit où se garaient les camions pour la Crète. C'est là que je me posais moi aussi en fin de journée, hiver comme été, pendant des heures, et je regardais les bateaux qui entraient et sortaient dans le port et les gens les voitures les camions qui entraient et sortaient dans les bateaux. Quand j'avais quelque chose à boire je buvais et chantais, toujours la même chanson, toujours *Sittin' on the dock of the bay* – ce qu'il fallait c'était Otis, ce qu'il fallait pour un type qui passe les soirées au port, sur le quai, là où la mer se mêle à la terre, là où les choses sont ensemble et séparées, où les gens se retrouvent ou se quittent, comme les vagues et le sable, tantôt tranquilles et indifférents, tantôt avec une passion et un bruit terribles. Quand j'avais le gosier sec je chantais aussi la même chose, la même chanson toujours, et je râlais de ne jamais pouvoir siffler tout à fait comme Otis, pas une seule fois, je n'y arrivais jamais, bourré ou le gosier sec – une voix de vieux corbeau un sifflet de pélican, comme disait Àris. Je regardais le soleil et la lumière du soleil qui tombait sur toutes choses, ses derniers rayons avant de disparaître, je regardais la lumière du soleil qui glissait lentement sur les bateaux les bâtiments du port les immeubles qui encerclaient le port les gens qui buvaient le café aux balcons fumaient regardaient la télé passaient en voiture ou à pied couraient pour attraper le bus les femmes qui étendaient le linge sur les terrasses les enfants qui se cachaient derrière les draps blancs ou imprimés et jouaient aux fantômes en criant bououou pour faire peur aux mamans. Sur les moineaux et les tourterelles qui roucoulaient battaient des ailes buvaient l'eau tombant goutte à goutte des chauffe-eau solaires. Ce que je voyais était plus beau et me faisait plus mal aux yeux que ce que je croyais voir, car je croyais voir du feu. Un feu qui brûlait le monde de l'intérieur, sans flamme ni fumée, un feu qui brûlait le monde sans bruit sournois une vraie torture. Àris lui ne croyait rien de tout ça, il ne croyait pas que les oiseaux buvaient l'eau des chauffe-eau ou que je voyais des feux brûler sans flammes ni fumées, mais une veille de Noël – le dernier Noël dans mes souvenirs où il a neigé sur le port, quand descendu sur le port j'ai vu de loin mon banc enseveli sous une couche de neige épaisse et je me suis dit que de loin il avait l'air d'une énorme bûche de Noël ou d'un bonhomme de neige qui attendait de venir au monde, qui attendait que quelqu'un fasse de lui un bonhomme comme les autres, le corps dodu, la tête ronde et une carotte pour le nez – cette veille de Noël-là Àris m'a acheté un cadeau avec l'argent de la prime et me l'a donné à la sortie du boulot. Quand j'ai déchiré le papier – un papier rouge brillant avec des pères Noël et des traîneaux volants tirés par des petits rennes – et que j'ai ouvert la boîte j'ai vu que c'étaient des lunettes de soudeur, des grandes lunettes avec une protection orange autour et des verres très épais.

Il m'a attrapé par les épaules, m'a serré dans ses bras, m'a embrassé près de l'oreille. Il sentait le *tsìpouro* la cigarette et le boulot. Ses yeux brillaient dans la lumière glacée du jour.

Pour le port, qu'il m'a dit. Tu les mettras quand les feux s'allument pour qu'ils ne brûlent pas tes yeux. Elles te plaisent ? Essaye-les. Elles sont bien, non ? Elles te plaisent ?

Il me tenait fermement, ne me laissait pas partir.

Joyeux Noël. Joyeux Noël. Rien que du bon, pour changer un peu.

Puis il a reculé il a fait comme s'il tenait un micro et en me regardant il s'est mis à danser à chanter.

Tes yeux de feu m'ont brisé le cœur en deux

Ils l'ont brisé en deux tes yeux de feu

Les autres ont rappliqué déjà ronds ils regardaient frappaient dans leurs mains et riaient.

Cette veille de Noël-là au boulot, dans un entrepôt de pièces détachées à Korydallos, rires et chansons dedans et dehors la neige recouvrant le monde et le monde étincelant blanc froid et dur comme du marbre.

*

C'est pour ça que je l'ai repérée au début. Parce qu'il m'a semblé que ses cheveux avaient pris feu et brûlaient sans fumée sans flammes. Ensuite, après disons le premier choc, j'ai mis mes lunettes spéciales que j'avais toujours sous la main, toujours accrochées à ma ceinture, et je me suis dit qu'elle mériterait de brûler tout entière – pourtant elle avait de beaux cheveux, abondants et dorés comme une auréole – elle mériterait de brûler tout entière parce qu'elle était assise sur le banc de bois, mon banc à moi, chez moi. Ça ne m'a pas plu. C'était pas régulier. C'était comme de rentrer du boulot et de trouver une inconnue installée sur le canapé. Son habillement, pas régulier non plus. En plein juillet elle portait un manteau, un pantalon noir, des bottes. Je suis resté à l'écart et je l'ai regardée, je la mangeais des yeux. Enveloppée dans son manteau, mains dans les poches et jambes croisées, les yeux mi-clos, elle regardait la mer. Avec mes lunettes spéciales j'ai vu ses cheveux rougir au soleil j'ai vu ses cheveux emmêlés par le vent et j'ai cru voir un arbre au tronc noirci par un feu qui maintenant montait brûler le haut ses feuilles fraîches ses branches touffues. Et tout de suite je lui ai trouvé un nom. Je l'ai appelée la dame au petit manteau, parce que si on donne un nom à l'inconnu, nous le savons tous, si on donne un nom à l'inconnu la peur de l'inconnu diminue. D'accord, ce n'était pas une dame elle n'avait pas l'air d'une dame et elle ne portait pas un petit manteau, mais un vrai, noir et lourd, jusqu'aux genoux. Mais voilà. C'était la dame au petit manteau. Il fallait bien que je lui trouve un nom. Et elle n'avait pas de petit chien.

*

Perdre son boulot c'est comme se casser la jambe.

Au début tu ne sens rien, a dit Àris, la fracture est encore chaude et ne fait pas mal. La douleur et la peur viennent quand ça refroidit. Quand tu penses au loyer aux factures aux petites annonces dans les journaux. Les coups de fil chaque matin, les voix dures. Un autre a pris la place mon vieux. Rappelle demain. Envoie ton CV, on verra – même pour faire docker on te réclame un CV. La douleur et la peur viennent plus tard, dit Àris. Àris et moi qu'on a virés comme deux mégots sans pourquoi ni comment, d'un coup de fil. Àris qui m'a dit ne pas savoir ce qu'il ferait ce soir-là – peut-être me pendre avec ma ceinture, qu'il m'a dit, ou descendre à Phàliro me jeter à l'eau. On verra. J'ai pas encore décidé. On verra selon l'humeur. Si j'avais un flingue ça serait plus facile. Pan, terminé. Sûr. Ça l'avait touché au vif le malheureux et pourtant on le savait tous les deux on le savait depuis longtemps que notre tour allait venir. Une question de temps. Vous dans les entrepôts vziou

vziou vziou ils vont vous dézinguer au laser, nous disait le mec au teint jaune de la comptabilité. Vziou vziou vziou qu'il disait à Àris quand il le croisait dans un couloir ou à la cafétéria. Vziou vziou vziou – et il riait. Il avait raison le connard, ils nous ont balancés, vlan, pas au laser mais d'un coup de fil. Ils ont appelé le matin, à midi on était à la rue. Et là il s'est passé un truc bizarre. Pendant qu'on partait Àris s'est arrêté pour boire au robinet à côté de la barrière de l'entrée. Un après-midi de juillet, une chaleur à crever. Mais quand il a ouvert le robinet – un grand pour le jardin, le bec tourné vers le haut – l'eau a jailli violemment l'a frappé au visage il a failli tomber. Je n'avais jamais vu ça, vraiment. Il est parti en arrière comme s'il avait pris une balle. Il a trébuché, m'a regardé l'air paumé. Trempé de la tête aux pieds, l'eau coulait de ses cheveux son col ses bras. Il m'a regardé sans un mot mais ses yeux parlaient parlaient parlaient. Cinquante-deux ans, d'accord ? Le fils à l'armée la fille étudiante à Rethymnon. Leur maire caissière à mi-temps. Des emprunts .... Et maintenant nous voilà sans boulot. Cinquante-deux ans. Et maintenant ? Qu'est-ce qu'on fait maintenant ? Dis-moi ?

*

Je me suis assis sur le quai tout au bord, sur le ciment, les pieds pendant au-dessus de l'eau, une eau noire bleue rouge, pétrole bulles ordures. J'ai regardé la dame au petit manteau. Juillet, la canicule quarante degrés et elle enveloppée dans son manteau comme si elle vivait dans une autre époque un autre monde. J'ai regardé les bateaux et l'eau et les mouettes qui plongeaient de haut et me regardaient elles aussi de leurs yeux jaunes sanguinaires. J'ai essayé de tout voir, tout sentir tout entendre – le vent les vagues les bruits des moteurs les cris des hommes. Non pas pour passer le temps mais pour qu'il ne passe pas, parce que le temps n'est pas un remède il ne soigne pas, comme le dit la chanson le temps est le pire médecin. J'ai regardé l'énorme bateau, le Lissos, prêt à appareiller qui avalait dans son ventre obscur les gens les voitures les camions. J'ai regardé la dame au petit manteau qui regardait le bateau et je me suis dit qu'elle n'allait sûrement pas voyager qu'elle n'était pas venue non plus accompagner quelqu'un et ça non plus ce n'était pas régulier du tout – mais il y avait quoi de régulier ce jour-là ? Puis j'ai vu qu'on descendait un tuyau d'arrosage sur le flanc du bateau qu'il en tombait un jet puissant dans l'eau et ça m'a rappelé Àris. Qui sautait en arrière quand l'eau l'a frappé, trébuchait pris de court, me regardait, giflé par l'eau. Et je me suis dit qu'il n'allait sûrement pas se pendre avec sa ceinture ou à Phàliro se jeter à l'eau. Je me suis dit qu'il s'était sûrement posé sur son canapé pour fumer boire du *tsìpouro* sans anis et regarder la télé. Il me l'avait souvent dit. Quand tu as du chagrin ou des emmerdes, allume la télé. Le meilleur des remèdes c'est la télé écoute ce que je te dis moi je sais. La télé. Pour les pauvres les gens comme nous y a pas d'autre remède.

*

Quand le bateau a largué les amarres, quand le quai s'est retrouvé vide sans .... sans véhicules sans voyageurs, quand les vagues ont cessé de cogner les gros pneus au flanc du quai, la dame au petit manteau s'est levée de mon banc a rejoint le bord du quai et s'est assise sur un bollard. Assise les mains dans les poches elle a regardé le bateau qui s'éloignait à notre droite. Le visage blanc, pas du tout atteint par le soleil. Elle est restée là le temps que disparaissent le bateau la fumée de la cheminée du bateau et les longues rides en écume que laissent en partant les bateaux. Puis elle s'est mise à genoux devant le bollard et a sorti de ses poches deux sprays les a bien agités puis s'est mise à peindre le métal noir du bollard. C'était quelque chose de voir ça. Quelque chose, vraiment. Ses mains qui bougeaient habiles et gracieuses, qui changeaient de spray, qui s'arrêtaient pour corriger un détail puis elle reprenait son travail penchée absorbée – une fois seulement je l'ai vue relever la tête pour regarder au loin là-bas au loin là où le bateau avait disparu.

Dès qu'elle a eu fini elle s'est frotté les mains avec un chiffon sorti lui aussi de sa poche – qui sait tout ce qu'elle cachait dans ce manteau – puis elle s'est relevée a fait deux pas en arrière a regardé penchant la tête de côté puis est retournée au banc. J'ai attendu. J'ai laissé passer un moment pour ne pas être vu. Puis je me suis levé j'ai marché vers le bollard sans me presser, l'air indifférent, regardant la mer et protégeant d'une main mes yeux, comme si j'attendais le bateau qui m'emmènerait là où je voulais aller ou qui m'amènerait quelqu'un que je voulais revoir. Je pensais qu'elle avait peint quelque chose de superbe sur le bollard mais ce que j'ai vu en arrivant tout près ressemblait à un dessin d'enfant. Un visage souriant jaune aux yeux noirs aux lèvres très rouges. Ce n'était pas une œuvre d'art comme on dit mais je suis resté à regarder – et je m'étonnais. C'était quoi, ça voulait dire quoi ? Ça voulait dire quoi de dessiner un bonhomme jaune – ni homme ni femme – au sourire énorme et rouge sur un bollard ? C'était quoi ? La femme sur le banc elle aussi regardait le bollard – sans faire attention à moi, comme si je n'étais pas là, même si j'étais là bien sûr devant elle avec à nouveau mes lunettes spéciales à protections orange et verres épais – et enveloppée dans son manteau les mains fourrées dans ses poches elle laissait le vent emmêler ses cheveux qui tandis que le soleil baissait et s'enfonçait derrière les immeubles perdaient leur éclat devenaient sombres noircis comme les auréoles sur les anciennes icônes. C'était comme de rentrer du boulot chez soi et de trouver une inconnue sur le canapé qui regarde sans un mot ce qu'elle a peint sur le mur d'en face. Et de nouveau ça m'a rappelé Àris. S'il avait été là il lui aurait sûrement parlé. Sûrement. Assis à côté d'elle il lui offrirait une cigarette l'interrogerait sur le pourquoi et le comment lui parlerait de sa voix rauque et tranquille.

Reste pas là, qu'il lui dirait à la fin. C'est pas un coin pour une fille seule. Rentre chez toi et allume la télé. La télé c'est bien. C'est un remède la télé tu sais. Eh oui. Le meilleur des remèdes. Oui.

*

La nuit tombait. Un bateau est entré dans le port a manœuvré s'est amarré par l'arrière au quai. Il était vide, sans voyageurs ni voitures. Quand la rampe est descendue un marin est sorti a pris l'amarre et l'a tirée vers le bollard. Il a sursauté, s'est penché, a regardé le bonhomme jaune souriant sur le bollard, il a ri, hoché la tête, a ri encore et regardé autour de lui mais n'a rien vu puis passant l'amarre autour du bollard il est reparti vers son boulot.

J'ai attendu. Le vent s'était levé et dans la pénombre j'entendais le câble taper sur le mât vide du pavillon à l'arrière du bateau. Ce bruit-là je l'aurais reconnu entre mille. Il n'y a pas deux bruits comme celui-là, tellement solitaire tellement mélancolique, un soupir sans fin une plainte, comme si c'était le soupir la plainte du mât privé de son pavillon. Ça je n'en avais jamais parlé avec Àris, je savais qu'il ne me croirait pas et je savais qu'il était bien foutu de courir acheter un casque anti-bruit comme ceux pour travailler au marteau-piqueur, avec des petites éponges qui serrent doucement autour des oreilles et les réchauffent, et de me les offrir en disant :

Pour le port. Mets-les quand il y a du vent que tu n'entendes pas le mât qui se plaint et te fout le bourdon. Elles te plaisent ? Essaye-les. Elles sont bien, non ?

*

Ça s'était mis à souffler fort. Un sirocco brûlant, qui te collait à la peau comme un remords. J'ai vu la femme se lever du banc et aller vers le bollard. Elle s'est mise à genoux a sorti les sprays de sa poche – ou peut-être n'en a sorti qu'un, je ne sais pas, je ne voyais pas bien. Elle a fait quelque chose sur le bollard puis s'est relevée est restée un moment immobile à regarder la mer obscure puis a mis les mains dans ses poches s'est enveloppée dans son manteau est partie en courant ou presque tête baissée. Elle a franchi le portail, a traversé la rue, a disparu. Me rapprochant du bollard j'ai vu qu'elle avait changé quelque chose au visage peint. Le sourire. Il n'y avait plus de sourire, elle l'avait effacé. Elle avait effacé les lèvres rouges souriantes et à la place avait tracé une ligne noire tordue vers le bas, une grosse ligne noire comme une blessure. Elle avait effacé le sourire et maintenant le visage souriant était triste et terrifié. Au début je n'ai pas compris. Pourquoi faire ça ? C'était consolant, ce visage souriant. Seul dans le port la nuit, regarder ce visage souriant sur ce bollard c'était consolant sûrement – pourquoi l'abîmer ? Mais ensuite, en m'asseyant sur le banc, j'ai regardé de nouveau le bollard et alors j'ai vu. J'ai vu l'amarre enroulée autour du cou de la peinture, j'ai vu l'amarre serrer comme un nœud coulant le cou du bonhomme et l'étrangler. Voilà pourquoi elle avait effacé le sourire et rendu le visage souriant triste. On l'étranglait. Il avait une grosse corde autour du cou et on l'étranglait.

J'ai quitté mes lunettes spéciales frotté mes yeux et de nouveau regardé.

C'est terrible d'avoir une corde au cou. Même quand c'est une peinture, un faux bonhomme, c'est terrible. Vraiment.

*

Il faisait nuit. Au loin dans le fond, en dehors du port, les lumières des bateaux ancrés au large tremblotaient en longues lignes irrégulières comme les perles d'un collier cassé éparpillées dans la nuit. Je ne pouvais pas les voir d'où j'étais mais je savais qu'elles étaient là. Des petites perles brillantes éparpillées dans la nuit – en allongeant la main on croyait pouvoir les toucher, mais ce collier était cassé pour toujours, personne ne pouvait le réparer. Je me suis assis sur mon banc. Enfin. Je me suis assis comme un homme qui rentre du boulot chez lui mort de fatigue – les pieds allongés devant moi les yeux fermés les bras ballants. J'ai passé la main sur le bois qui s'effritait. Il était chaud et m'écorchait. J'ai senti ma main. Une odeur de sel de soleil de mazout.

Puis je me suis levé j'ai rejoint le bord du quai me suis mis à genoux devant le bollard ai touché le métal et le visage triste peint dessus. Il était rude au toucher, rude et chaud. Je me suis relevé j'ai pris à deux mains le gros cordage mouillé. J'ai pris le nœud coulant qui serrait le cou de la peinture. Je l'ai pris à deux mains, l'ai pris fermement et j'ai essayé de la décrocher du bollard.

Je me battais avec l'amarre en chantant la même chanson *Sittin' on the dock of the bay*, toutes les nuits la même chanson, et je me suis dit que cette nuit-là je réussirais peut-être, une fois au moins, une seule et unique fois, à siffler comme Otis. Ce n'était pas facile mais j'y mettais toutes mes forces. Pour desserrer le nœud coulant. Desserrer le nœud coulant décrocher l'amarre que le faux bonhomme peint puisse respirer. Homme, femme, quelle importance.

Je me suis battu pour décrocher l'amarre du bollard, de toutes mes forces, je me disais qu'il fallait que j'y arrive. Je me suis dit qu'Àris aurait dû être là ce soir-là pour voir ça et me dire si c'était une bonne chose, si c'était un remède aussi de décrocher les amarres des bollards de desserrer les nœuds coulants des cous de libérer des faux bonshommes. Pour me dire si c'était un remède pour les pauvres les gens comme nous.

Le nœud coulant était malcommode et l'amarre glissait, elle m'écorchait les mains je saignais.

Mais je ne lâchais pas, j'y mettais toutes mes forces, je tirais sur l'amarre de toutes mes forces.

S'il te plaît, disais-je. Aide-moi s'il te plaît.

Je me suis battu pour décrocher le nœud coulant. J'y ai mis toutes mes forces.

C'était en juillet. L'aube du samedi. Et la mer qui respirait à coups de petites vagues sèches.

Le lien entre les corps

Combien.

Quatre cents.

Combien ?

Tu es sourde ou quoi ? Quatre cents. Quatre billets de cent. À la fin du mois.

Tu avais dit huit cents. Tu avais dit que tu lui demanderais un salaire entier.

Jc l'avais dit.

Mais tu as cédé.

Il ne se laisse pas embobiner le vieux salopard. Je l'ai supplié. Enfin. Quatre cents, c'est déjà ça. J'y vais là maintenant. On en reparlera au matin.

Tu lui as fait une pipe ?

Effie...

Tu n'as pas honte ? Quel bouffon ! Tu es un homme ou quoi ? Tu serais une pute il t'en donnerait plus. Je ne veux plus te voir tu m'entends ? Si tu remets les pieds ici j'appelle les flics. J'en ai marre de toi pauvre type. Minable. C'est fini tu entends ? Fini. Quatre cents, tu te rends compte ? Si tu pouvais crever dans quatre cents heures, bouffon ! Bouffon. Impuissant. Esclave.

*

L'écouteur est noir et lourd dans sa main. Il le raccroche sort de la cabine traverse et monte dans la Nissan. Quatre cents euros. Il baisse la vitre redresse le miroir et se regarde. Quatre cents euros.

Il se regarde dans le miroir. Il a les yeux cerclés de noir et le blanc des yeux plein de fils rouges. Sa bouche sent le cadavre. Il n'a rien mangé depuis hier et pas dormi. Il se lisse les cheveux en arrière tâte le haut du crâne et touche les bouts de verre. Il a des morceaux de verre là-haut. Des morceaux de verre sûrement. Au mois de mai en voiture il s'est payé un mur. Le 14 mai à l'aube. Il s'est payé un mur à cent à l'heure à Àspra Hòmata, près de la rue Beloyiànni. Il n'avait pas mis sa ceinture et sa tête a cogné le pare-brise. L'airbag s'est ouvert il n'a rien eu, quelques égratignures. Mais la Nissan était en miettes. Le concessionnaire lui demandait dix mille euros pour la réparer. Dix mille. Le prix d'une neuve. D'entendre ça il a eu envie de l'étrangler, le connard. Pour finir il a trouvé un garagiste à Keratsìni qui l'a retapée tant bien que mal pour deux mille. Il a emprunté la moitié à Effie. Il les lui doit toujours.

La Nissan maintenant avance comme une charrette. Il conduit en serrant les fesses.

Il ne se souvient pas comment il est rentré dans le mur. Il se souvient seulement qu'il est sorti de la voiture s'est tâté pour voir s'il n'avait rien de cassé puis est allé à pied chez Effie et pendant tout le trajet se passant la main sur la tête il trouvait des bouts de verre. À pied depuis Kokkinia jusqu'à Aya-Sophia – comment il a fait, mystère. Il se souvient qu'Effie a ouvert la porte a poussé des cris l'a fait s'allonger sur le lit. Elle voulait appeler l'ambulance il a refusé. Elle a passé toute la nuit près de lui sans dormir à lui parler. Ce qu'elle disait il ne se souvient plus. Il se souvient seulement qu'il lui a promis de ne plus boire. Et depuis chaque fois qu'il viole son serment il a peur. Peur quand il boit, peur quand il ne boit pas. Toujours peur.

Il prend son portable sur le tableau de bord et le met dans la boîte à gants. Ça recommence il n'a plus de batterie. Ça fait un temps fou qu'il doit s'acheter un chargeur et il oublie tout le temps. Et voilà qu'aujourd'hui encore il n'a plus de batterie, et plus d'argent. Ça recommence.

Il rapproche les paumes de ses mains et tend les pouces. Ils tremblent un peu. Il retient son souffle puis souffle lentement relâche les doigts les regarde se rapprocher l'un de l'autre lents hésitants jusqu'à s'unir comme des corps d'amoureux – ses doigts s'emmêlent comme des amants, comme des gens qui s'appuient l'un contre l'autre cherchant un soutien dans le malheur qui les frappe.

Il reste un bon moment les pouces joints et il pense aux choses à faire, aux nuits qu'il va passer avec Effie. Puis il tourne la clé de contact desserre le frein à main sort la tête par la fenêtre. On cuisine quelque part et l'air sent les frites. Il ferme les yeux remplit ses poumons et soupire.

Quatre cents euros. Quatre billets de cent. À la fin du mois.

*

Leben qu'il s'appelle. Un chien-loup de Belgique aux yeux sanguinaires et un pelage tout noir luisant même la nuit. Trois fois qu'ils se sont vus et les trois fois le chien lui a sauté dessus. Puis il s'écartait et le regardait la gueule entrouverte la langue pendante longue et rouge. Le regardait en se marrant. Clébard de merde. De loin on aurait dit un ours.

Et Alamànos qui se marrait aussi.

N'aie pas peur idiot. Faut le temps qu'il s'habitue. Mais regardez-le. Regardez-le comme il est pâle.

Alamànos l'avait fait venir chez lui la semaine d'avant pour lui donner des instructions et lui montrer les lieux. Il n'y a pas deux maisons comme ça dans tout Skhisto et même au-delà. Les passants s'arrêtent pour mieux la voir. Cinq cents mètres carrés de maison deux mille de terrain. Avec piscine gazon arbres bizarres et lumières cachées dans le jardin. Avec appentis barbecue en dur et four à bois. Et tout autour un grand mur de pierre coiffé de ciment où sont plantés tout droit des morceaux de verre coupants – des milliers de morceaux verts coupants – étincelant au soleil et de loin on croit voir allongé sur le mur un énorme dragon gris et ses milliers d'yeux qui étincèlent.

Dragon mon zob, a dit Alamànos. Une idée de ma femme. Elle a vu ça à la télé, tu comprends. Des idées à la mords-moi le nœud. Toutes les mêmes.

Il lui a montré comment fonctionne l'alarme, où on allume les lumières de la maison et du jardin, comment arroser le gazon et passer la tondeuse. Il lui a montré quelles clés ouvrent quelles portes et comment s'occuper du chien. Quand et comment le nourrir, quand et comment le promener. Ils seront absents tout le mois d'août – dix jours en Tunisie et au Maroc, le reste dans les îles sur leur bateau – et il veut une personne de confiance pour veiller sur la maison et le chien. Et lui a accepté. Pas seulement pour l'argent mais pour être plus proche d'Alamànos. Les affaires marchent mal. Les affaires au boulot marchent très mal. Emballagiste. Son boulot c'est ça. Il met des journaux des revues des brochures dans des emballages en plastique. Mais dès le printemps les ennuis ont commencé. Il n'y a plus d'argent .... Rien que des traites, de trois et six mois. Alamànos s'engueule avec les clients les clients s'en vont les commandes se font la malle – et Alamànos licencie. Les Russes les Polonais sont partis les premiers mais dès septembre les autres vont gicler aussi. C'est sûr. Et lui-même a peur il ne veut pas perdre son boulot. Bien qu'il le déteste. Il déteste ce qu'il fait ce qu'il doit dire qu'il fait. Emballagiste. Dans son enfance on lui demandait ce qu'il voulait faire plus tard il ne savait pas quoi dire. Il ne savait pas ce qu'il voulait. Mais il n'avait jamais pensé, jamais imaginé qu'il ferait un jour un boulot pareil. Et puis les gens. La plupart ne savent même pas qu'un tel métier existe.

Emballagiste. Ils ne comprennent même pas ce que ça veut dire. Alors quand on lui demande ce qu'il fait il répond employé dans le privé. Et si on insiste – comme Effie quand ils se sont connus – il répond opérateur d'empaqueteuse. Ou qu'il bosse dans une entreprise d'arts graphiques. Emballagiste. Ça ne veut rien dire quand on y pense. Il ne fabrique pas des emballages et il n'en vend pas. Il met des trucs sous emballage. Journaux revues brochures publicitaires. On devrait trouver un autre mot. Il ne sait pas lequel.

Mais il ne veut pas perdre son boulot. Quand Alamànos lui a parlé de la maison, il a dit oui sans discuter. Il est bon de bien s'entendre avec son patron. Il est bon que ton patron te fasse confiance et te soit obligé à ce point. Une sacrée occasion. Qui ose confier sa maison, sa fortune à quelqu'un ? À un opérateur d'empaqueteuse en tous cas ? Il a tout bien organisé dans sa tête. Congé pendant tout le mois d'août. Une maison de rêve pour lui seul. La boisson gratos. Le matin il piquera une tête dans la piscine puis s'étendra au soleil mettra de la musique boira des cocktails aux belles couleurs. En fin de journée il promènera le chien arrosera le gazon les pots de fleurs puis il se reposera au bord de la piscine pour attendre Effie. La grande vie. Hollywood. Incroyable non ? À peine sortie du boulot Effie viendra direct ils nageront dans la piscine puis feront la cuisine boiront du vin puis passeront à d'autres choses – toutes les nuits toute la nuit. Toutes les nuits ils se mettront nus face à face et laisseront aller leurs corps qui se rapprocheront l'un de l'autre lents hésitants se toucheront deviendront un seul corps.

Comme ses pouces leurs deux corps se toucheront. Ils s'appuieront l'un à l'autre les yeux fermés se humeront l'un l'autre et ressentiront cette chose étrange. La chaleur qui émane du corps à peine libéré des vêtements. Le délice le vertige le désir fou que crée le lien entre les corps. Voilà ce qu'il veut par-dessus tout. Le lien entre les corps. Voilà le cadeau qu'il va offrir à Effie, en plus du reste. Et il s'en fiche totalement que tout ça soit provisoire, que tout se termine dans un mois. Il s'en fiche totalement que cette vie se termine dans un mois. Car ce qu'a dit quelqu'un – le sens de la vie c'est qu'elle a une fin – c'est la seule chose qu'il importe de savoir pendant les années qui nous sont données à vivre. Ça et rien d'autre.

Le sens de la vie c'est qu'elle a une fin.

Et à la fin du mois il aura quatre cents euros dans les mains.

Mais de ça il n'est pas sûr.

*

Il y a aussi le chien.

Occupe-toi bien de Leben, lui a dit Alamànos la dernière fois qu'il l'a fait venir. Occupe-toi bien de Leben. Tu m'entends ?

Assis à côté de la piscine ils buvaient un whisky aux glaçons. Le chien entre les jambes de son maître ne le quittait pas des yeux. Des yeux noirs tout noirs obscurs. Dès que le maître avançait la main pour prendre le verre ou allumer une cigarette, le chien dressait l'oreille et grondait comme s'il n'était pas un vrai – comme un chien mécanique dont un mécanisme serait cassé.

Ma femme va te faire un pense-bête, a dit Alamànos. Pour sa bouffe ses promenades ses cacas pour tout. Avec le numéro du véto s'il lui arrive quelque chose, touchons du bois. Et attention. Occupe-toi bien de lui. Tu m'entends ? Moi je ne dis pas que j'ai deux enfants et un chien. J'ai trois enfants, voilà ce que je dis. Tu comprends ? Occupe-toi de Leben. S'il lui arrive quoi que ce soit... Tu comprends. Je ne t'en dis pas plus. Occupe-toi bien de Leben.

Il regardait le chien qui le regardait, il écoutait Alamànos parler, mais il avait la tête ailleurs.

Au bout d'un moment on a parlé argent et il lui semble avoir dit deux mots à propos d'argent. Il lui semble en avoir demandé un peu à son patron mais il n'ést pas sûr. Trois cents euros quatre cents. Il l'a dit ou pas ? Il ne se rappelle pas bien. Il était saoulé par la conversation le grondement du chien l'alcool la chaleur et les lumières tombant sur l'eau de la piscine qui donnaient à l'eau une couleur bizarre, exotique si bien qu'il se sentait encore plus étranger dans cette maison, dans cette vie. Il l'a dit ou pas ? Mais s'il ne l'a pas dit alors, il le dira à la fin du mois. Alamànos lui donnera quelque chose. C'est sûr. Quatre cents euros. Peut-être moins mais quelque chose.

Mais ça il ne l'a pas dit à Effie.

*

Il est presque huit heures quand il arrive devant la maison. Il se gare coupe le moteur et regarde la vue depuis là-haut. Korydallos Neàpoli Maniàtika. On voit même le port la mer les îles. Il regarde la vue et pense à Effie – aux nuits qu'il va passer avec Effie. Août. Encore un mois. Le sens d'août c'est qu'il a une fin.

Puis il rapproche les paumes de ses mains et tend les pouces. Il retient son souffle puis souffle lentement relâche les doigts les regarde se rapprocher l'un de l'autre lents hésitants et...

Et alors il entend les aboiements.

Le chien a coincé sa tête entre les barreaux du portail et saute et aboie comme enragé.

Leben ! Leben !

Il sort de la voiture traverse et s'approche du portail, effrayé.

Leben. Brave chien. Viens mon petit Leben. C'est moi ! Doucement. C'est moi enfin. Mon petit Leben. Couché. Doucement je te dis. Couché.

Le chien s'écarte du portail et s'assoit derrière. Il s'assoit et le regarde la tête penchée de côté. Yeux noirs, dents toutes blanches. Sa langue rouge comme sanglante. Son poil plus noir que jamais. Il tourne sur lui-même, une fois deux fois, s'immobilise encore. Puis bondit et se jette sur le portail. Il tremble tout entier, mord les barreaux, aboie comme trois chiens ensemble.

Ta gueule. Va te faire voir en Belgique. Ta gueule.

Il se lèche les lèvres les mord et regarde autour de lui. Pas un chat dans la rue et les rares maisons semblent fermées. Il sort les clés de sa poche et cherche la bonne.

Ses mains tremblent. Ses jambes aussi. Il tremble tout entier. Il avance d'un pas la clé dans la main. Le chien est fou de rage. Il gémit, se cogne aux barreaux, mord le vide.

Leben. C'est moi enfin. Doucement. C'est moi. Tu m'as donc oublié ?

*

Il s'éloigne du portail et se met à marcher le long du mur. Il avance en regardant les bouts de verre coupants qui étincèlent en haut du mur, cherchant il ne sait même pas quoi. Il tourne au coin de la rue et continue de marcher. Mais c'est peine perdue. Alamànos lui a dit clairement que le chien serait attaché. Il l'a dit clairement – il s'en souvient très bien. Mais le chien est détaché il aboie se jette sur le portail mord les barreaux comme pour les briser. Comment faire pour entrer, bordel ? C'est peine perdue. Peine perdue.

S'il avait quelque chose à boire. Quelque chose à boire, pour se donner du courage.

Il sort le papier de sa poche le déplie le lit. Comme ses mains tremblent ! Mouillées de sueur en plus. Moins de 38° arrosage tous les deux jours. Au-dessus de 38° arrosage tous les jours. Si blocage de l'alarme taper code XXXX – il a écrit un tas de conneries, l'enfoiré. Températures codes téléphones. Mais que faire si le chien pète les plombs, là-dessus pas un mot.

En longeant le mur derrière il trouve une porte métallique peinte en vert. Il ne se souvient pas si

Alamànos la lui a montrée. Il essaie d'ouvrir, elle est fermée à clé. Il relit le papier le replie le remet dans sa poche. Il met une première clé dans la serrure. Une deuxième. Avant qu'il mette la troisième les aboiements se rapprochent. Ils sont tout près, derrière la porte. Puis le chien cesse d'aboyer et derrière la porte on entend un bruit terrifiant. Un bruit qu'il n'a jamais entendu.

Il frissonne.

Ses yeux parcourent la rue. Pas un chat. Mille choses lui passent par la tête. Mais c'est peine perdue. Peine perdue.

Alors il donne à la porte un violent coup de pied.

La douleur partie du pied remonte à l'estomac la poitrine la gorge. Il sautille sur une jambe la douleur lui met les larmes aux yeux. La douleur. Il croit entendre du bruit derrière la porte, une espèce de halètement, mais il n'est pas sûr.

Des années plus tôt il sortait avec une nénette de Nìkea. Òlga. Une bonne famille, elle étudiait chez les sœurs au Pirée. Mais sa mère ne voulait pas de lui et l'a forcée à rompre. Et quand ils sont partis en vacances – c'était l'été, en août là encore – il est entré chez elle pendant la nuit. Il buvait depuis l'après-midi et la nuit il est entré chez elle avec une bouteille de whisky s'est assis sur le canapé et s'est mis à imaginer des trucs. Déjà complètement bourré. Il a imaginé qu'il avait un couteau qu'il éventrait les canapés les oreillers les matelas. Il a bombé les murs et les miroirs, coupé des câbles, déchiré des fringues et des livres, cassé des disques des assiettes des bibelots. Il a imaginé qu'il bouchait la cuvette des WC et l'évier avec des chiffons. Il a bu et imaginé toute la nuit. Mais pour finir il n'a rien fait.

Avant de partir il a seulement laissé le robinet du lavabo ouvert.

Et maintenant il voudrait faire la même chose s'il pouvait. Entrer dans la maison et boire et ensuite casser déchirer salir. Il pisserait dans le frigo dans les armoires sur les lits. Et le chien – lui alors il le garderait pour la fin. S'il pouvait. S'il pouvait faire tout ça puis filer très loin. Laisser tomber maisons voitures boulots et disparaître comme ces tornades noires à la télé qui se pointent sans prévenir, détruisent tout et s'en vont. Mais il ne veut pas perdre Effie. Il veut être nu la nuit avec elle dans cette maison énorme et faire semblant qu'elle soit à eux, faire semblant qu'ils soient des êtres sans peur et sans angoisse quant à l'argent et au boulot. Des êtres délivrés du sens de la vie et de la passion rampante pour les choses, les choses qu'ils n'ont pas et ne posséderont jamais. Sans inquiétude sans peur laisser leurs corps s'appuyer l'un sur l'autre sans inquiétude sans peur sentir le vertige né du lien entre les corps. Voilà ce qu'il veut. Le lien entre les corps.

Il s'éloigne en boitant de la porte et longe en boitant le mur. Son pied a enflé dans la botte, ses mains se recroquevillent, la sueur coule dans ses yeux. Bien qu'il n'entende plus d'aboiements il sait que le chien de l'autre côté longe le mur lui aussi. Et quand il se retrouve devant le portail Leben y est déjà dressé sur ses pattes arrière collé aux barreaux et se remet à aboyer à mordre le vide. De l'écume coule de sa gueule comme du sang blanc et ses yeux sombres jettent un regard fou.

Il regarde le chien. Il regarde les morceaux de verre coupants en haut du mur. Et le ciel plus haut qui s'étend sans fin dans la lumière cruelle d'août.

Je veux parler, dit-il.

Mais il n'y a personne alentour pour l'écouter.

*

Il monte dans la Nissan baisse la vitre et regarde le chien qui a cessé d'aboyer et le regarde gueule entrouverte et oreilles dressées. Et qui se marre. Qui le regarde en se marrant. Qui se marre. Oui, ça crève les yeux, il se marre. Le chien-loup belge. Chien belge de merde. Chien belge qui se marre.

Il allume une cigarette et laisse aller sa tête en arrière. Son pied enfle et s'engourdit dans la botte. Il sent les bouts de verre cassés sur sa tête mais ne veut pas les toucher.

Il attendra. Il attendra. Ça va aller. Le chien va bien finir par se lasser et changer de place. Il aura faim, soif, il ira dormir. Ce sera le moment d'entrer dans la maison. Et de faire quelque chose.

Il attendra. Il passera toute la nuit dans la voiture et attendra. Il attendra que la nuit passe. Il restera là toute la nuit et le lendemain et toutes les journées qu'il faudra. Il attendra.

Orange et enflé le soleil se cache derrière la montagne. La nuit tombe. Les morceaux de verre en haut du mur perdent leur éclat. Un oiseau vole par-dessus le mur et disparaît comme avalé par le ciel.

Il attendra.

Et ce n'est encore que le 3 août.

Sors et brûle ça

Huit mars, journée venteuse et sans soleil. Par la fenêtre de la cuisine je vois mon père qui fait sécher des vêtements dans la cour. Il les prend dans la cuvette les secoue les accroche au fil avec des pinces à linge. Après le dimanche le service des quarante jours et les allées et venues de la famille, il s'est mis à laver tous les vêtements de ma mère – sans rien oublier. Jupes chemisiers chemises de nuit. Affaires d'hiver et d'été. Il lave même ses sous-vêtements. Je pensais qu'il le faisait pour passer le temps, pour s'occuper, ne plus penser, ne plus se souvenir. Mais maintenant je le vois suspendre un soutif couleur crème et une culotte où était dessiné devant un chaton avec un nœud rouge – je le vois s'arrêter un instant et caresser le chaton du pouce et je ne sais pas quoi dire.

J'aurais mieux aimé que la cuisine soit sans fenêtre et ne rien voir.

*

Quand je suis arrivé on a bu le café puis fumé une cigarette. On n'a pas dit grand-chose. Comment ça marche à mon boulot, est-ce que j'aurai un congé à Pâques – ce genre-là. Puis je l'ai questionné sur le recyclage. Les bacs bleus que la municipalité a installés dans le quartier les sacs qu'elle a distribués pour mettre dedans l'aluminium et le plastique. Eh oui, qu'il a dit. Tu as vu le progrès à Keratsìni ? Moi je te dis, bientôt ils vont même recycler les humains. Eh oui. Est-ce qu'on n'est pas des ordures pour eux nous aussi ? Je voulais lui tirer les vers du nez, qu'il raconte ce qui s'est passé l'autre jour mais il n'a pas mordu, il a joué les idiots il n'a rien dit. Bientôt il a tiré de sa veste un paquet de lettres attachées par un gros élastique et les a posées sur la table.

J'ai trouvé ça hier soir dans la soupente. Je ne savais pas qu'elle les avait cachées là-haut. J'ai passé toute la nuit à les lire. En quarante-trois ans de mariage elle ne m'avait rien dit. Jette un œil si tu veux pour passer le temps. Moi je me suis esquinté les yeux.

C'est quoi ? ai-je demandé. Des lettres d'amour ?

Il a baissé la tête et m'a regardé par-dessus ses lunettes.

Non. L'amour c'est ce que j'ai lavé.

Il a éteint sa cigarette dans le cendrier puis mouillé son doigt de salive pour ramasser de la cendre sur la table et la jeter dans le cendrier elle aussi.

Il a dit, on serait allés en Allemagne on la sauvait. Tu te souviens c'est ce que l'oncologue disait. Prends cent mille euros et allez en Allemagne. Cent mille euros. Il en parlait comme si c'était des drachmes l'inconscient. Les banques, elles, n'ont pas compris. Elles devraient proposer des prêts-cancer. Cette maladie de merde se répand si vite qu'ils se feraient des couilles en or.

Qu'est-ce que tu racontes papa ? J'ai l'impression que tu déraillles complètement.

Je sais ce que je dis. Et je ne sais pas quoi faire.

Puis il s'est levé a vidé le cendrier aux ordures l'a rincé l'a posé à l'envers dans l'évier a pris la cuvette pleine de vêtements les pinces à linge et il est sorti.

*

Je me prépare un autre café puis je m'assois j'ôte l'élastique et j'étale les papiers devant moi. Ce sont des lettres des années 60 ou plus anciennes encore. Lettres de ma mère à sa famille en Crète. Lettres de son frère Dràkos à son père. Lettres que se sont envoyées ses frères et sœurs – ils étaient six. D'autres d'amis d'amies de parents. La plupart peu lisibles – tantôt l'encre est effacée tantôt le papier est taché ou troué comme rongé par les souris. J'en choisis une au hasard et tente de la lire pour passer le temps. Et tandis que je lis je trouve là sans arrêt des petits bijoux, des remarques imprévues de celles que les gens écrivaient alors dans leurs lettres, en ces années-là où les facteurs distribuaient des lettres et non des factures des pubs et des relances pour impayé.

Novembre 63. Mon oncle Dràkos écrit à son père.

Le Pirée 27 11 1963

Salut à vous Père Vénéré petite Maman chérie frères et sœurs bien-aimés. J'ai reçu votre lettre chérie avec ses deux mots et je me réjouis beaucoup que vous allez tous bien comme nous. Eh bien nous vous remercions beaucoup père pour le panier que vous nous avez envoyé tout était très bien les herbes avaient pourri nous les avons jeté qu'elles aillent au diable le fromage puait aussi Lefterià l'a nettoyé Dieu soit loué nous l'avons mangé on aurait fait avec plus.

Eh bien père quel temps vous avez à Vatòlakko ? Nous ici Dieu soit loué nous avons la pluie un rude hiver beaucoup d'eau des rhumes on n'a pas idée Lefterià s'est payé la grippe hier elle n'est pas allée travailler eh oui père il n'y a que ça qui compte pour l'homme l'amour et la santé.

Eh bien père et maman nous voilà enfin dans les autobus je suis maintenant receveur titulaire me voilà tranquille et je fais tous les jours mon signe de croix à la Toute-Sainte qui m'a aidé j'ai mes congés mes vacances voilà ce que je vous écris.

Eh bien père j'ai été très contrarié pas moi mais toute la Grèce à cause de cet homme de la Démocratie qui était un homme de la liberté ces teddyboys l'ont tué, tout Athènes et Le Pirée soupirent de chagrin, moi qui suis dans les autobus les gens disent quel malheur, quel malheur et ils soupirent voilà le peu que je t'écris sur ce Saint Homme Kennedy.

Je t'écris autre chose, je crois que nous allons vers de nouvelles élections. Eh bien père c'est net que le Centre va passer ne crois pas les journaux comme quoi l'ÈRE a tant de monde c'est des photos de 1961, c'est des mensonges de toutes façons sois sûr LE CENTRE VA PASSER.

Eh bien père je vous le demande envoyez-nous un peu d'huile, ici je l'achète et je ne peux pas je n'ai pas un sou c'est une honte pour la société que nous vous demandons comme des mendiants un peu d'huile crois-moi si tu veux père je gagne 60 drachmes par jour je dépense en nourriture et huile 50 dr que veux-tu qu'il me reste je travaille rien que pour le manger, rien que pour ça, je ne vous écris que ça.

Maman je te demande dis à mon frère Stèlios ce héros qui est pour l'Olympiakos que quand je viendrai j'aurai pour lui un ballon et un maillot du club mais je veux qu'il travaille à l'école dis-le lui de ne pas traîner. Salut Stèlios mon frère héros crétois de Vatòlakkos tu ne mourras jamais vive l'OLYMPIAKOS à bas le Panathinaïkos Stèlios le héros comme on a battu le Panathinaïkos son oncle Yòryis était si contrarié que Mihàlis n'a pas mangé de deux jours le chagrin les a rendus malades.

Eh bien père j'ai appris que tu as un fusil et que tu chasses envoie-nous aussi une grive.

Eh bien maman je viendrai pour la Noël mais pour que je vienne il faut que je voie la très belle mariée attention père je veux que la fille soit belle et de bonne famille. Attention que je fasse pas de gaffe.

Ah père et maman si j'avais des sous je vous enverrais 200 drachmes ....

Voilà c'est tout ce que je vous écris je vous embrasse tous j'attends la réponse. Salutations aux voisins et à ceux qui demandent de mes nouvelles. J'attends une lettre. Votre fils Dràkos.

*

En bas de la pile je trouve plein de lettres d'Amérique. C'est la marraine de ma mère qui les a envoyées de New York, *Broukli* et *Atlan Siry*. Je mets du temps à comprendre qu'il s'agit d'Atlantic City. Les lettres s'échelonnent sur presque dix ans, de septembre 58 à mars 67. Entre les pages tandis que je les feuillette glissent des cartes de Noël et des photos en noir et blanc jaunies montrant des visages qui me sont inconnus. Je trouve une carte sans date qui montre un grand bateau blanc, l'Olympia, avec trois bandes sur sa cheminée – jaune bleue et noire en partant du bas. Sur celle du milieu est représenté un écusson jaune, on dirait une couronne étoilée. Au verso de la carte, imprimée, la mention Greek Line – T.s.s. Olympia. Au-dessous dix lignes presque indéchiffrables, qu'on croirait écrites par un parkinsonien.

Chers compère et comère nous avons pris le bateau en Amérique le 12 mars et venons à votre rencontre aujourd'hui nous faisons escale à Lisbonne nous avons très mauvaise mer moi je suis au lit tout le temps avec des piqures qui empèchent de vomir l'infirmerie du bateau est pleine de blessés bras et têtes cassées la petite de la femme de Markouloyòrgos s'est cassé le genou je ne vous dis pas ce qu'on endure compère des vagues hautes comme des montagnes frapent le bateau les gens pleurent et s'arrachent les cheveux je vous écrirais en détail d'Athènes quand on arivera mon mari Phòtis regrette ce voyage que la Toute-Sainte nous protège dit-il je ne vous écris pas plus affectueusement votre commère Elèni Varypatàki.

*

Il est presque deux heures. Je me lève et mets un verre de *tsikoudia* et deux pistaches dans une soucoupe. Mon père est venu à bout de la lessive a mis des gants orange est allé sur le chantier du trottoir d'en face ramasser des papiers des sacs et des gobelets en plastique et les jette dans le sac du recyclage. Ton père, m'a dit Dìna l'autre soir au téléphone. Il ne va pas bien mon garçon. Il tourne et vire dans le quartier ramasse des ordures dans la rue et les jette dans le cyclage comme ils disent. Et là ce soir il voulait entrer lui aussi dans la benne. Si c'est pas Dieu possible mon petit. Stèfanos rentrait du boulot et l'a empêché de justesse. Mais enfin tonton-Tàssos qu'il lui fait. Mais enfin tu es fou, c'est quoi ce travail ? Tu veux partir aux ordures ? Et qu'est-ce qu'il répond ? Ah mon petit Stèfanos, l'homme qui laisse mourir sa femme sans aide est bon à jeter. Qu'ils m'emmènent moi aussi pour me cycler des fois que ça me rende meilleur et plus utile. Tu entends ? Tu te rends compte ? Et après il est allé rire seul dans son coin. Il ne va pas bien ton papa mon garçon. Pas bien du tout je te dis tu dois le savoir pour décider ce que tu fais. Parce que c'est un brave homme qui se tourmente et nous dans le quartier on a mal pour lui.

Dehors le vent s'est levé. Les vêtements de ma mère sont secoués sur le fil. Un chemisier à manches brodées, sa veste verte, une robe à fleurs et à bretelles. Des vêtements qu'on dirait jamais portés, vêtements qui ne seront plus jamais portés. Une boîte de conserves roule au milieu de la rue. Mon père l'immobilise du pied la jette dans le sac puis se dirige vers la benne bleue. Il vide le sac puis reste devant la benne ouverte les bras ballants. Je ferme les yeux. J'attends. Je compte jusqu'à dix. Jusqu'à vingt. Quand je les rouvre je le vois debout devant la porte de la cour et qui me regarde la bouche entrouverte l'air étonné.

*

La plus longue lettre est envoyée d'*Atlan Siry* le 27/04/61. Je l'ai remarquée dès le début non seulement pour sa longueur mais parce qu'elle est la seule sous enveloppe. Une enveloppe bleue impeccable entourée d'un ruban rouge. Comme un faire-part de mariage.

Ma chère Lefterio j'ai reçu ta petite lettre ma chérie et j'en suis ravie excuse-moi que je n'ai pas répondu de suite. Je suis ravie du progrès qui arrive à Vatolàkko et des facilités nouvelles que tu nous racontes si Dieu le veut en 62 nous avons le projet de venir avec mon mari Phòtis qui veut connaître la Crète rester 2 ou 3 mois et repartir.

Alors j'irai en taxi voir les champs ………… où je ramassais des pissenlits maintenant qu'on a arrangé les routes à cause qu'à pieds mes jambes n'obéissent plus je pèse 180 pounds. Nous grâce au ciel nous allons tous bien écrivez-moi les oliviers comment vont-ils la récolte est bonne ? Comment vont les affaires ? Les oranges se vendent bien cette année ? Dis à ta maman ma commère je la prie de garder celles d'un oranger sans les vendre quand on viendra si la Toute-sainte le permet qu'on mange des oranges fraîches qui me manquent beaucoup. Je la prie aussi dis-lui de planter des courgettes dans mon jardinet pour quand je viendrai que je cueille des ………… pour les cuisiner avec de la morelle parce que le seule plat que j'ai envie Lefterio ma filleule en Amérique c'est celui-là parce qu'ici tu ne trouves pas ni ………. ni morelle. Ils font venir des courgettes de Californie mais le temps d'arriver elles sont écrasées ça te dégoûte rien que de les voir c'est comme je te l'écris.

J'ai vu que tu m'écrivais ma chère Lefterio que ta tante Stèlla est partie avec son mari en Argentine et bien ils ont eu tort. On est mieux à Athènes que là-bas là-bas c'est la grande pauvreté le pays est pauvre ils auraient mieux fait de venir au Canada plutôt que là-bas ils regretteront et ne resteront pas longtemps mais rentreront. C'est un grand martyre la pauvreté ma petite Lefterio et nous-mêmes ici nous avons beaucoup d'obligations j'ai mon Thodoris en Californie qui étudie à l'université et il faut deux milles dollars l'année il va passer quatre ans là-bas et bien Stèlla a eu tort d'aller en Argentine enfin bon beaucoup de gens te disent de quitter la Grèce et on peut aller partout on trouve la pauvreté et même ici en Amérique il y a beaucoup de chomeurs sans travail qui vivent au frais de l'état voilà pourquoi l'immigration est si difficile aujourd'hui pour venir en Amérique il est arrivé un tas de monde et on a chaque année moins de travail je m'arrête là.

L'autre samedi nous sommes allés nous deux mon mari chez Evtyhìa Karatzàki et nous sommes restés longtemps.

Elle partira d'ici avec son mari le 20 mai pour rentrer au pays. Je l'ai prié pour un petit paquet que j'ai préparé pour vous l'envoyer je l'ai prié supplié mais elle n'a pas voulu parce qu'elle dit qu'elle a déjà trop de choses et ne peut pas. Finalement j'ai pleuré je lui ai dit accepte au moins pour une petite robe prends une petite robe pour ma filleule la petite Lefterio que j'aime tant et elle a dit oui et je t'envoie donc une petite robe Lefterio chérie pour la mettre à la saint Pàvlos à l'église que tu te souviennes de ta marraine qui est loin.

J'ai vu que tu m'écris ma chère Lefterio de te trouver un mari même âgé pour que tu viennes ici. Mais moi ma chérie je suis comme l'aveugle qui veut voir la lumière quand je veux amener ici des gens de la famille pour leur éviter les malheurs de la Grèce parce que c'est vrai ici c'est un vrai paradis. Mais si l'immigration était libre comme tu l'écris tout le monde se précipiterait pour venir pas seulement de Crète mais du monde entier. Ici je me démène depuis mon arrivée pour faire venir mon frère Spỳros et je ne peux pas hier encore je suis allé à l'immigration avec mon mari Phòtis et on m'a dit que je devais être mariée depuis trois ans pour avoir le droit comme Américaine d'inviter quelqu'un. Ma tante Maragoùdos à Koufo m'a demandé elle aussi de prendre sa petite fille Athina comme fille adoptive et j'ai répondu pas possible et ma tante est furieuse elle ne m'écrit plus. Il y a des lois sévères ici chère Lefterio sinon toute la Grèce prendrait le bateau pour venir. Je sais ma filleule que la vie au pays comme tu me l'écris est très dramatique et que ton cœur saigne et moi aussi j'ai le cœur qui saigne parce que je t'aime beaucoup tellement ma bonne petite fille que je sais ce que tu es je sais que tu mérites une belle destinée ma chérie ma bonne filleule mais je crois que tu me comprends je suis impuissante j'ai passé peu de temps ici et ne suis pas encore Américaine. La loi dit que je dois être mariée à un citoyen américain depuis trois ans pour avoir le droit d'inviter ici quelqu'un de ma famille.

Voilà ce que je t'écris ma chère Lefterio ne te fais pas de bile je t'en prie. Je t'en supplie ne fais pas de bêtise après m'écrire c'est dommage et injuste de la part de Dieu une fille merveilleuse comme toi se ronger comme ça le cœur. Dieu est grand ma chère Lefterìa. Prends patience je ne t'en écris pas plus.

Vous avez les meilleures salutations de mon mari Phòtis et de tous mes enfants salue bien mon compère et ma commère et tous tes frères et sœurs à bientôt salutations à tous les voisins et à ceux qui prenent de nos nouvelles.

Je te salue de ma bonne main ta marraine Elèni Varypatàki et dans ma prochaine lettre je t'enverrai en cadeau 2 dollars pour t'acheter un crayon.

*

Mon père entre dans la cuisine. Il pose la cuvette sur la table ôte ses gants orange et se lave les mains à l'évier. Puis il s'assoit lisse ses cheveux emmêlés par le vent me prend une cigarette. Ses doigts tremblent, ses mains sont rouges et ridées. Qui sait combien de lessives il a encore faites aujourd'hui.

J'ai fait cuire des côtelettes, dit-il. Dìna la voisine a apporté du *pastìtsio*. Moi je ne mange pas de viande je vais me faire de la salade cuite.

Mais il ne bouge pas de sa chaise. Les coudes sur la table, il agite sa cigarette au-dessus du cendrier en regardant les lettres étalées devant lui.

Je me lève me verse une *tsikoudia* et regarde par la fenêtre. Je vois le soutif crème et la culotte au chaton s'agiter sur le fil. J'ai envie de lui demander tu lui as offert ça ? En fait je ne peux pas imaginer ma mère entrant dans un magasin pour acheter une chose pareille. Une culotte avec un chaton. Sincèrement. Et je peux encore moins l'imaginer en train de la porter. Une culotte avec un chaton. Un chaton avec un nœud rouge. Ma mère.

Tu les as lues ?

Il a éteint sa cigarette et place devant lui le tas de papiers qu'il se met à classer.

Pas toutes.

Au-dessus du tas il y a la carte postale du bateau. Il la prend la rapproche de ses yeux puis la retourne. Il relève ses lunettes sur le front et se frotte les yeux avec deux doigts. Il regarde l'enveloppe bleue son ruban rouge que j'ai poussé de côté et la longue lettre d'*Atlan Siry*. Puis il prend le ruban l'enroule autour de sa main fait un nœud et le met dans la poche de sa veste.

Celle-là tu l'as lue ? demande-t-il.

Je l'ai lue.

Ça valait mieux. Ça valait mille fois mieux qu'elle parte. Là-bas ils ont de sacrés médecins des hôpitaux des machines de tout. Là-bas ils ne laissent pas les gens crever comme des chiens. Eh oui. Amérique Amérique on le dit c'est véridique tu es un pays magique.

Il se frotte à nouveau les yeux, plus fort. À côté de nous le frigo fait des bruits bizarres. Cric crac. Comme si quelque chose de vivant cherchait à en sortir. Je lis les petites lettres du congélateur. Je lis la marque du four du grille-pain la marque de la pendule au mur. N'importe quoi, pour ne pas regarder mon père.

Donne-m'en un peu.

Il prend mon verre et boit deux gorgées.

Sa glotte fait l'aller-retour, elle monte lentement puis retourne à sa place.

Il pose le verre, se lève et prend la cuvette.

J'y vais. J'ai mis de la couleur à la machine.

Dans le couloir il s'arrête fait redescendre ses lunettes et me regarde.

Je ne savais pas qu'elle voulait aller en Amérique. Comment elle dit dans la lettre ? Te trouver un mari même âgé. Elle avait seize ans alors. Tu saisis ? Une petite de seize ans. Prête à épouser un vieux. Je ne le savais pas. Parole d'honneur. Elle ne m'a jamais rien dit. Quarante-trois ans ensemble et elle ne m'a jamais rien dit. On me le disait pourtant. Oui. On me le disait. Tout être humain emporte un secret avec lui en mourant. Grand ou petit peu importe. Tout être humain emporte un secret avec lui en mourant. On me le disait et je ne le croyais pas. Je disais non impossible. Lefterìa et moi on n'aura jamais de secrets entre nous. Ni dans la vie ni dans la mort. C'est ce que je disais. Des grands mots peut-être. Mais je le croyais. Mon Dieu oui je le croyais. Et maintenant que faire ? Comment vivre ?

Il penche la tête de côté regarde les papiers étalés sur la table. Ses yeux semblent si petits et rouges derrière les lunettes. Deux êtres bizarres qui regardent le monde derrière un mur de verre terrifiés.

Brûle ça, dit-il. Sors et brûle ça. Ne jette pas ça dans le recyclage. Dans cent ans si le monde existe encore les humains sauront tout sur nous qui vivons maintenant. Il n'y aura plus rien à découvrir. Ils auront tout devant eux stocké dans des ordinateurs ils sauront tout sur nous. Tu y as déjà pensé à ça ? Dans cent ans il n'y aura plus de passé. Et quand je dis cent. Ça se fera bien plus tôt. Oui. Le temps sera un présent sans fin. Tu y as déjà pensé ? Même nos ordures existeront encore. C'est pour ça que je te dis. Faut se dépêcher de détruire tout ce qu'on peut. La mémoire sans vides c'est pas de la mémoire. C'est la mort. Sors et brûle ça. Mais fais attention de ne pas salir les vêtements. Je me suis bloqué le dos à me pencher sur la baignoire. Fais gaffe aux vêtements tu entends ?

Puis il s'en va.

Je me sers une autre *tsikoudia* que je bois debout devant la fenêtre. Puis je bois à la bouteille.

Je me demande si je ne devrais pas emmener mon père chez le médecin.

Je me demande ce que ma mère a fait quand elle a lu la lettre d'Atlantic City.

Je me demande si elle a fermé les yeux et pleuré si elle a oublié si elle a continué d'espérer. Si la petite robe est arrivée un jour si elle l'a portée si elle est allée à l'église. Qu'est-ce qu'elle est devenue cette petite robe, je me le demande.

Dehors c'est la panique. Les vitres tremblent, le vent siffle dans les ouvertures. Les vêtements de ma mère tourbillonnent sur le fil comme des fantômes prisonniers qui luttent pour s'échapper.

Je me demande si le cadeau est arrivé un jour.

Si les deux dollars sont arrivés d'Amérique, si ma mère s'est acheté un jour le crayon.

Pipol ar Strendj

Sept mois sans rêves. Sept longs mois. C'est le 21 mai que j'ai eu mon dernier rêve. Je me souviens bien, c'est ce jour-là qu'il a plu pour la dernière fois à Pèrama et aux alentours. Je me souviens, c'était la fête à Lèna et je me suis dit que c'était bon signe que le même jour il pleuve et que je rêve après si longtemps. Depuis, plus rien. Ni pluie ni rêves. Le point mort.

Rêve et pluie. Qui sait. On dirait que désormais les deux font la paire.

Lèna s'en fout de la pluie. Elle s'en fout que Noël arrive et qu'il fasse vingt-et-un degrés. Elle s'en fout qu'on se balade en chemisette et que dehors les oiseaux chantent comme en avril. Même les rêves elle s'en fout.

Moi non plus je ne rêve pas, dit-elle. Et ça vaut mieux. À quoi ça sert ? Je rêve toujours la même chose, je vais tomber dans un ravin et personne pour me retenir. Pourquoi tu perds ton temps avec tes putains de rêves ? Tu ferais mieux de t'occuper d'autre chose. Hier Koutsòvolos a encore appelé, ils nous réclament nos mensualités. On leur doit trois mensualités qu'ils disent et qu'est-ce qu'on va devenir ils vont nous faire un procès. Tu entends ? Un procès. Non mais quel salopard. Tout ça sur un ton comme s'il parlait à je ne sais qui. J'aurais voulu rentrer sous terre. Me faire humilier par ce salopard et moi qui ne peux pas sortir un mot. Et s'ils nous font un procès, qu'il dit, ils nous feront payer les frais, comment qu'on appelle ça. Tu entends ? C'est ça qui devrait t'occuper. Ça. Pas les rêves et la pluie.

Elle tient une pelure d'orange qu'elle découpe avec un couteau. Elle l'a taillée en mille morceaux mais ça ne suffit pas elle n'arrête pas. Elle la coupe en morceaux plus petits puis encore plus petits. Mille morceaux. Et elle continue.

Arrange-toi, que je lui dis. Arrange-toi pour te couper un doigt, qu'on change de sujet.

21 décembre. Samedi soir. Dans quatre jours Noël. Par la fenêtre de la cuisine je vois les petites lumières multicolores qui clignotent aux fenêtres aux balcons et dans les cours des maisons. Rouges vertes jaunes bleues. Étoiles guirlandes pères Noël traîneaux et rennes. Une foule de petites lumières. On se croirait dans un immense casino où les maisons seraient les machines à sous. Ciment, pauvreté, lumières multicolores – un peu de Bangladesh un peu de Las Vegas. Les enfants font du vélo dans la rue et les femmes arrosent des fleurs en pot épanouies. Je vois des hommes en bermuda griller de la viande ou boire des bières sur les terrasses. Je vois un oiseau battre des ailes autour d'une cage et l'oiseau dans la cage qui lui aussi bat des ailes affolé. Le ciel pur d'un bout à l'autre, l'air sec

comme la bouche d'un homme terrifié. Noël approche mais rien ne rappelle Noël. Sauf les petites lumières. On dirait que Noël est venu est passé que maintenant c'est le printemps à ce qu'on dit mais pour on ne sait quelle raison absurde les gens ont oublié d'ôter les décorations de chez eux.

Noël approche et quelque chose autour de moi brûle comme une mèche lente. C'est à se demander. À se demander quand la mèche finira de brûler quand ça va exploser ce qui viendra ensuite.

L'autre jour je me suis surpris à m'arrêter devant une boutique d'articles pour la chasse et regarder les poignards et les couteaux en vitrine. Puis je suis entré et j'ai acheté un poignard Buck américain, lame de vingt centimètres. Un machin lourd et méchant tu le pèses dans ta main et ton cerveau s'obscurcit. Je le trimballe dans ma botte à toutes fins utiles comme on dit. Je n'ai rien dit à Lèna. La nuit quand je ne dors pas c'est à ces trucs-là que je pense. Mèches explosions armes poignards. Et je me dis mais qu'est-ce qui se passe bon sang où ça nous mène cette histoire. Et j'ai peur.

Lèna, elle, coupe des pelures d'orange sur la table de la cuisine. Elle les coupe avec le couteau sans un mot et dans l'appartement on n'entend rien. Un silence nous est tombé dessus, incroyable, un silence comme avant que la terre tremble. Et je me dis que si la terre tremble il se peut que le temps change, qu'on ait de la pluie, des gelées, de la neige. Je me dis que si la terre tremble et si le monde est secoué ça changera quelque chose peut-être. Et d'avoir des idées pareilles, ça m'effraie. Je me dis, sans bonheur quelle vie on peut vivre ?

Quelle vie peut-on vivre si on attend du malheur qu'il nous sauve du malheur ?

*

Il reste un demi-litre de vin d'hier. Je remplis un verre comme si j'étais à l'aise, comme si c'était de l'eau, Lèna me regarde et va parler mais je la devance.

Je dis, lundi. Lundi je touche la prime et je vais payer Koutsòvolos. OK ?

Elle dit, ah, très bien. OK. Je suis rassurée.

Elle prend une nouvelle pelure et la découpe avec le couteau. Ses doigts sont jaunes.

Tu as une idée, une petite idée de ce qu'on doit ? qu'elle demande. Prends un papier pour noter. Deux mois de charges, 200 euros. L'assurance de la bagnole a expiré le 15. 200 là aussi. Le loyer. Kotsòvolos. L'électricité, 140. Les putains de cartes de putain de crédit. J'ai deux dents pourries. Je vais avoir quarante ans et je perds mes dents. Il va prendre combien, le dentiste ? Tu ne notes pas ? Note. Note que pour s'en tirer il nous faut la prime de Noël plus la prime de Pâques plus les primes de Noël et de Pâques de l'an prochain. Note. Note.

Je lui arrache le couteau des mains et le jette dans l'évier. Elle me regarde comme si j'étais une tache sur un vêtement blanc puis elle ouvre le tiroir sort un autre couteau et se remet à découper la pelure. Ses doigts sont jaunes et tremblent.

Je dis, Lèna.

Elle dit, note.

*

Je regarde par la fenêtre. Le ciel. Il a une drôle de couleur ce soir encore, le ciel. Le même gris que l'envers du carton. Un gris sans fin. Sans soleil sans lune sans étoiles. Ni jour ni nuit.

Non pas le ciel mais son envers.

Au deuxième verre Lèna épluche une deuxième orange et coupe la pelure en petites rondelles qu'elle met de côté l'une à côté de l'autre. Ses ongles sont jaunes. Le couteau est jaune. La table a jauni elle aussi. Je me demande si je ne devrais pas apporter mon couteau m'asseoir en face d'elle et me mettre à découper des pelures d'orange moi aussi. Pour oublier. Pour ne pas voir le ciel qui a la couleur des nuages mais sans le moindre nuage à montrer.

Elle dit, je vais emprunter à Vassìlis.

À saint Vassìlis, le père Noël ?

Mille euros. Pour les urgences. Après on verra.

Mille seulement ?

Ne t'énerve pas. C'est ton frère. Si ton frère ne t'aide pas qui va t'aider ? Sònia me l'a dit cent fois. Quand tu veux, qu'elle m'a dit. Pour nous maintenant ça va bien. Ils vont aller à Paris pour le Nouvel An tu le sais ? Ils iront à Disneyland. Ils voulaient voir le village d'Astérix mais il est fermé en hiver. Il ouvre en mars-avril je crois. Ils iront voir la tombe de Morrison.

Elle arrête les découpages et regarde la fenêtre. Un filament d'orange s'est collé à son menton et pend comme une petite ficelle au-dessus du chaos.

Morrison, dit-elle. Ça fait combien d'années ? Comme je l'aimais quand j'étais jeune. Le grand amour. La passion. Pipol ar strendj. Pipol ar strendj ouen' youreu strendjeur feïsiz louk eugli ouen' your eulone.

Elle chante d'une voix douce enrouée en coupant la pelure d'orange et sa chanson a un air de berceuse dans le silence de l'appartement et je me dis comme j'aimerais maintenant qu'on dorme pendant des heures des jours entiers qu'on dorme et qu'au réveil le soir tombe dehors et qu'il pleuve et qu'on boive du cacao à la cannelle qu'on mange des biscuits au sésame puis qu'on sorte sur le balcon sentir l'odeur de la pluie et la terre humide et que rien n'existe – ni couteaux ni mèches ni loyers ni dettes – que rien n'existe de tout ça et qu'on se soit réveillés comme neufs étranges sans nostalgie. La nostalgie. Chien galeux aux yeux chassieux qui lèche ses plaies et file doux et quand tu étends la main pour le caresser il te mord de toutes ses forces.

Je me penche pour attraper le filament sur son menton j'en fais une boulette et la jette dans l'évier.

Je dis, lundi. Lundi je vais tout arranger. Tout seul. Sans les Sonias et les Vassìlis. D'accord ?

Elle me regarde puis détourne les yeux.

Elle dit, jamais je n'aurais cru.

Cru quoi ?

Rien.

Dis-le.

Rien.

Puis elle se coupe. Le couteau glisse et la coupe dans le pouce. Elle ne crie pas ne dit rien. Elle laisse le sang couler, le regarde calmement avec indifférence comme font les durs-à-cuire à la télé. Je veux lui prendre la main mais elle ne me laisse pas faire. Elle lèche le sang, l'avale puis prend une serviette en papier et entoure son doigt. Elle me regarde lèvres serrées et serre la serviette sur la blessure et la serviette devient rouge plus rouge noire.

Je dis, fais voir. Je dis, ma petite Lèna. C'est moi. Nous ne sommes pas ennemis. C'est moi.

Mais elle me regarde comme si j'étais le couteau.

*

La veille de Noël je crois que je fais un rêve. Je dis je crois parce que depuis longtemps je vois des choses la nuit dans mon lit et je sais que ça ressemble à des rêves mais ce ne sont pas des rêves puisque je sais que quand je vois ça je suis réveillé. En fait je ne sais plus quand je dors et quand je suis réveillé. Je crois que les deux ne font plus qu'un – ou rien du tout. C'est sûrement à cause du temps. À cause qu'il n'a pas plu depuis sept mois et qu'on est en décembre mais que dehors c'est le printemps que le soleil brûle comme deux soleils et toutes les nuits je me souviens des hivers passés des gelées des pluies des neiges passées. Il y a des nuits où je me lève comme un somnambule ouvre l'armoire fourre dedans ma tête sens l'odeur des vêtements d'hiver et ça me flanque un bourdon terrible de voir les vêtements d'hiver suspendus dans l'armoire je me demande si on les portera de nouveau un jour ou s'ils vont rester là-dedans pour toujours bouffés par la poussière et les mites, fantômes des hivers passés, fantômes de la vie passée, fantômes de nous-mêmes.

Je rêve qu'un déluge a inondé la terre entière et que Lèna et moi on nage dans un lieu inconnu. On nage pleins d'angoisse notre vie en danger et autour de nous personne pas de maisons pas de voitures et rien que de l'eau – une eau noire épaisse et sale qui colle à notre corps comme quelque chose de vivant de terrifié. Et tandis que je nage Lèna à côté de moi dit que l'eau est vraiment vivante et s'accroche à nous parce qu'elle veut échapper à elle-même – c'est ce qu'elle dit, échapper à elle-même. L'eau veut échapper à l'eau – en voilà un beau rêve. Puis apparaît devant nous un arbre énorme aux branches nues. Je ne sais pas quel arbre mais il est très grand et sur ses branches sont posés des tas d'oiseaux – des petits oiseaux rouges – qu'on voit battre des ailes comme des malades mais qui ne peuvent pas voler. On s'approche et Lèna dit qu'il faut aider les oiseaux à s'envoler parce que l'eau monte sans arrêt et va les noyer. Mais dès qu'elle attrape un oiseau l'oiseau disparaît et il ne reste dans ses mains qu'une poignée de duvet non pas rouge mais noir. Elle attrape un autre oiseau puis un autre mais ça ne change rien – les oiseaux disparaissent dès qu'elle les touche et ses mains se remplissent de duvet noir. Puis j'essaie d'attraper un oiseau moi aussi et mes mains se remplissent de duvet noir et l'eau qui nous entoure est de plus en plus noire et monte de plus en plus haut pesant sur moi s'accrochant à moi et m'entraîne vers le bas profond profond profond.

Réveille-toi, dit Lèna. Pourquoi tu geins comme ça, et elle me secoue. Bon sang, tu m'as coupé le souffle. Réveille-toi.

Elle est penchée sur moi et dans la nuit son visage est plus sombre que la nuit.

Pourquoi tu as crié ? C'était quoi ton rêve ? C'était quoi ?

Rien. Rendors-toi.

C'était quoi ? Dis-moi.

Rien. Il pleuvait. Dors.

Elle se rallonge et soupire. Puis on n'entend plus rien, sauf le tic-tac de la pendule. Le drap s'est enroulé autour de mes jambes et me serre mais je n'ai pas la force de le repousser.

Tu vois, dit Lèna. C'est bon signe. Tu vois qu'il ne faut pas désespérer. Tu vois.

Puis elle se redresse pose la main sur mon cou et me donne un baiser sur la tempe.

*

Le jour de Noël le temps change. À midi les nuages apparaissent et à trois heures le ciel est sombre. Sònia appelle pour les vœux. Elle est dans le Pélion avec des amis. Elle dit, on a la pluie depuis le matin là-bas. Des pluies torrentielles. Je vais remplir une bouteille d'eau de pluie pour vous l'apporter, et elle rit. Ils sont tous pompettes, les copains là-bas. Ils sont dans un hôtel-restaurant avec viandes bio, légumes bio, couverts bio. Leur chambre a une cheminée un lit à baldaquin et des murs peints de couleurs loufoques. Du moment que ça vous plaît, dit Lèna et elle me regarde. Puis elle demande quand ils rentreront, si elles ont le temps de se voir avant le départ pour Paris. Je voulais te demander, dit Lèna – sans me quitter des yeux. Sur ce qu'on s'est dit l'autre jour. Tu te souviens. Oui. Non. Je vais bien. Sûr. On en reparle à ton retour.

Quand elle raccroche, nous prenons nos verres et sortons sur le balcon. Il va donc pleuvoir. Un nuage debout comme un mur noir nous arrive dessus depuis Salamine. Il va pleuvoir. Mais le vent ne sent pas la pluie. Un vent bizarre. Il souffle de l'est, vers le nuage, mais le nuage vient vers nous irrésistiblement. Comme si ce n'était pas un nuage mais quelque chose d'autre. Les fils électriques sifflent, des portes métalliques claquent, des alarmes de voitures hurlent. Les arbres plient au passage du vent, les antennes de télé aussi. Le vent emporte des feuilles des sacs plastiques des papiers. Une étoile de Noël se détache d'un balcon tombe dans la rue et roule comme une roue étrange. Le vent incessant furieux souffle vers l'ouest comme si le nuage était un aimant énorme qui attire à lui toutes choses, qui avale tout le vent de la terre.

Regarde là-bas, dit Lèna et elle me prend par le bras. Qu'est-ce que c'est encore, et elle montre le nuage. Manquait plus que ça. Regarde. Tu as déjà vu ça ? C'est quoi ?

Et c'est alors que nous voyons la pluie. De longs fils noirs sortant du nuage qui semblent unir le ciel et la terre.

Je dis, c'est la fin du monde et Lèna rit comme si elle suffoquait, elle se serre contre moi et lèche une goutte de vin tombée sur sa main.

La fin du monde peut ressembler à ça, dis-je. Et peut-être que non. Ce n'est peut-être pas le monde qui finira, mais les humains. Les humains qui cesseront de rêver ou de dormir ou de faire l'amour ou de boire du vin ou de s'embrasser. Quelque chose dans le genre. Ce sera ça peut-être la fin. Sans météorites sans bombes atomiques sans fonte des glaces. Sans explosions séismes ou tsunamis. Non pas du dehors mais du dedans. C'est ça qui est logique. Parce que nous vivons dans le monde mais pas avec le monde. Depuis des siècles nous avons cessé de vivre avec le monde. Ce serait donc injuste que le monde meurt avec nous. Très injuste.

Le nuage grandit encore et nous cache la mer.

Un faux sapin dégringole du balcon d'en face et tombe en tournoyant sans bruit dans le vide. Je crois que c'est la chose la plus terrifiante que j'aie vu de ma vie.

Mais non, dis-je. Le plus terrifiant, c'est le travail. C'est attendre la paye tous les 15 et les 30 du mois. Diviser ta vie en tranches de quinze jours. Savoir que si ça les fait bander, les patrons, de ne pas te payer une fois ou deux ou dix tu ne peux rien y faire. Ta vie entière est entre leurs mains. Diviser ta vie en tranches de quinze jours. C'est ça le plus terrifiant.

Je rentre, dit Lèna. Je ne te supporte pas quand tu parles comme ça. Je ne veux pas voir ça. Allons viens je te dis.

Mais nous n'allons nulle part. Nos verres à la main nous restons silencieux à regarder la pluie qui approche venue du couchant. Nous regardons le rideau de pluie noir qui se referme lentement sans bruit et qui lentement sans bruit engloutit les formes les couleurs et la rumeur du couchant.

Le salaire des pingouins

Ce matin mon père a avalé cinq clous. Des clous en acier – des grands. Dès qu'il a vu Pètros avec les menottes et les flics qui le tiraient il a sorti les clous de sa poche de chemise et les a tous avalés d'un coup. Comme des bonbons. Il était assis à côté de moi mais je n'y ai vu que du feu. En fait à un moment donné je l'ai vu qui fouillait dans sa poche mais comment imaginer. Je pensais qu'il cherchait une pilule. Des clous. Comment imaginer. C'est qu'il n'avait montré aucun signe. La veille au soir quand il est rentré à la maison il était calme – pas de nom de dieu ni de casse, rien. Calme. Un chien battu. Calme. Il n'a pas dormi du tout c'est sûr. Il a passé toute la nuit à la cuisine dans le noir. Deux fois je me suis levé et je l'ai trouvé assis là dans le noir à regarder par la fenêtre. Une main sur la joue et avec l'autre il faisait tourner sa cigarette dans le cendrier comme s'il écrivait quelque chose dans les cendres. Calme. Sauf qu'il tapait du pied sur le plancher. Tap. Tap. Tap. Il était pieds nus et je voulais lui dire de mettre des chaussettes pour ne pas prendre froid en plus du reste mais je n'ai rien dit. Je suis retourné au lit et j'ai entendu longtemps son pied frapper le sol.

Tap. Tap. Tap.

Comme s'il entendait une musique que personne d'autre ne pouvait entendre.

*

Ce matin au tribunal il était toujours calme. La tête basse et muet mais calme. Jusqu'au moment où Pètros est apparu avec les menottes et les flics qui le tiraient par les bras. Cinq clous. Je n'y ai vu que du feu. Ça s'est fait d'un coup en une fraction de seconde comme on dit – comme en rêve. Il a sorti les clous de sa poche et les a avalés en forçant. Puis il s'est empoigné le cou s'est effondré sur le sol est devenu tout bleu et peut-être qu'il voulait parler mais rien ne sortait sauf un crrr crrr et il tremblait les yeux exorbités comme un chien à qui on a jeté une boulette empoisonnée. On s'est précipité sur lui en criant, on croyait qu'il faisait un infarctus ou un AVC – le bordel complet. Pètros aussi a couru mais les flics l'ont rattrapé et l'ont jeté par terre. Bande de putes, qu'il leur criait. Laissez-moi bande de putes c'est mon père. Mais eux rien du tout, ils le plaquaient au sol à genoux sur son dos. Comme si c'était mettons un terroriste, Koufodìnas le semeur de mort. Après je ne me rappelle pas ce qui s'est passé – je voyais une chose et je croyais en voir une autre. J'étais trempé de sueur, j'avais la tête qui tournait et le dos qui tremblait. Je me rappelle seulement que l'ambulance est arrivée et l'a emporté. Puis un type est venu il s'est penché vers moi et m'a regardé avec attention et il a demandé à quelqu'un près de lui :

Il a avalé quoi celui-là ? Un tournevis ?

*

Ça fait un mois maintenant. Sûrement que ça a commencé plus tôt mais moi ça fait à peu près un mois que j'ai su. Dès qu'il sortait du travail Pètros prenait l'Opel Kadett pour aller rue Thivon et il attendait. Il travaillait aux entrepôts Grèkas derrière la rue Plàtona et après le boulot l'après-midi il prenait l'Opel pour aller rue Thivon et il guettait les voitures qui passaient. Il allumait les warnings allumait une cigarette mettait dans le lecteur une des cassettes que je lui avais données baissait la fenêtre et regardait les voitures qui passaient. Et dès qu'il repérait une bagnole de prix – un 4×4 balèze ou un cabriolet turbo – il démarrait et la suivait. Le Pirée, Kastèlla, Phàliro et même plus loin. Glyfàda, Voùla, Ilioùpoli – va savoir où encore. Il prenait en chasse les voitures de prix parce que d'après lui il voulait savoir où habitaient leurs propriétaires ou alors où ils travaillaient. Des heures entières il tournait comme une âme en peine. La nuit où il m'a raconté tout ça il est arrivé bourré à la maison il est tombé tout habillé sur le lit a allumé une cigarette et a chanté une chanson de Robert Johnson – il ne savait pas les paroles il n'avait retenu que l'air – et après il a dit que c'est bizarre d'être pauvre, c'est bizarre d'être pauvre, a dit Pètros, c'est comme si tu étais un de ces pingouins qu'on montre à la télé qui voient les glaces fondre autour d'eux et qui savent pas où s'accrocher ni comment échapper à cette folie et la peur qu'ils ont les jette l'un sur l'autre pour se bouffer – c'est comme ça, qu'il a dit Pètros.

Puis il s'est levé a plaqué ses mains sur ses côtes et a commencé à tourner en rond dans la chambre et à se balancer de droite à gauche et il sortait des sons bizarres alors je me suis levé du lit moi aussi j'ai allumé une lampe et je lui ai dit tu t'es encore cuité espèce de connard s'il se réveille l'autre et qu'il te voit tu vas prendre des raclées toute la nuit et Pètros a dit laisse-moi c'est moi qui pingouine maintenant puis il s'est arrêté m'a regardé et il a dit les pingouins c'est une espèce en voie de disparition et c'est interdit de les frapper et le premier qui veut me toucher je le dénonce aux écolos. Et quand j'ai éteint la lumière il a arrêté ses allées et venues il a allumé une cigarette a regardé par la fenêtre les feux des bateaux qui tremblotaient en bas dans le port et il a dit ce vendredi est encore passé et une fois de plus Grèkas les a pas payés.

Deux mois qu'il nous mène en bateau, qu'il a dit. On était rassemblés depuis quatre heures de l'après-midi devant le bureau de la paye et on a attendu. Quinze à vingt personnes. Ils n'ont pu en payer que cinq ou six et pour nous autres plus un rond. Moi j'étais le huitième. On a gueulé injurié rien à faire. La semaine prochaine qu'ils ont dit. Y avait aussi le père Còstas qui conduisait le chariot-élévateur, dès qu'il a entendu ça le voilà par terre. On s'est jetés dessus pour le ranimer.

Mais y a pas plus comment dire. Plus humiliant que ça. Deux mois sans salaire à attendre dans la queue d'être payé et quand ça va être ton tour on te dit c'est fini y a plus d'argent revenez la semaine prochaine. C'est à te rendre malade. À te fendre le cœur comme on dit. Mais tu aurais dû nous voir. Comme des pingouins qu'on était. À attendre comme ça dans la queue l'un derrière l'autre en avançant pas à pas en allongeant le cou pour voir ce qui se passait dans le bureau de la paye et s'ils donnaient de l'argent à celui qui venait d'entrer. On ressemblait vraiment à des pingouins. Et tout le temps qu'on attendait là j'étais prêt à me jeter sur le mec devant moi et je savais que le mec de derrière était prêt à se jeter sur moi. Parce qu'on savait qu'il n'y aurait pas assez d'argent pour tout le monde. Tu aurais eu la chair de poule si tu nous avais vus. Comme des pingouins je te dis.

*

Je pars de l'hôpital Tzanio à pied parce que je n'ai pas d'argent pour un taxi mais aussi parce que je veux marcher. Cinq clous. Les médecins ont dit qu'il y en a deux plantés dans l'œsophage et que les autres sont descendus dans l'estomac. Un cas difficile. Parce qu'il a soixante-dix ans passés et aussi à cause de son cœur. Il paraît qu'ils vont faire quelque chose mais ils ne m'ont pas dit quoi. Peut-être aussi qu'ils ne savent pas quoi. Peut-être même qu'ils ne veulent rien faire – qui sait. Ils m'ont envoyé à la maison chercher ses médicaments pour les voir et un pyjama des sous-vêtements et des pantoufles. Ils m'ont presque foutu dehors et c'est ça mine de rien qui me tracasse.

Décembre, il y a la pleine lune et des étoiles et mon haleine sort de moi comme du brouillard. Vendredi soir. Pètros va rester bouclé le week-end – ils vont le ramener lundi au tribunal. J'ai appelé l'avocat depuis l'hôpital et il me l'a dit. C'est la junte, mon vieux, la junte, qu'il m'a dit. On revit l'époque de la junte. Ils ne le relâchent pas soi-disant parce qu'il risque de s'enfuir. C'est inouï. Mais aussi avoir un frère pareil. Si je peux me permettre. C'est sérieux de faire ça ? Pour un garçon de son âge. Enfin lundi on va le sortir de là, pas de problème. Patience mon gars, courage. Deux jours c'est vite passé.

Je tourne à gauche rue Devtèras merarkìas, à droite rue Iròon je débouche au Théâtre Municipal et je vais pour prendre le bus mais je continue à pied vers le port. Noël. Noël arrive et les rues sont décorées de guirlandes et sur les lampadaires on voit clignoter des grandes bougies artificielles et des sapins verts et des Pères Noël et des rennes. Là-haut c'est Noël et ici en bas c'est le Vendredi Saint – le trottoir est plein de taches qui ressemblent à du sang comme si un homme frappé ou un animal blessé était passé par là et qu'il avait laissé derrière lui une longue traînée de sang. Du sang noir séché.

Hier soir il s'est fait choper à Glyfàda. Pètros. Hier soir à Glyfàda. Il guettait de nouveau rue Thivon et il a pris en chasse un 4×4 conduit par une femme seule. Ils sont arrivés à Glyfàda le 4×4 est entré dans un garage et Pètros est sorti de l'Opel il s'est approché a regardé par-dessus la clôture et alors il a vu à ce qu'il dit la plus belle maison qu'il avait jamais vue de sa vie – une villa immense comme un château qui avait un jardin avec du gazon et des arbres et des lumières bizarres et au milieu un sapin de Noël qui semblait fait de glace. Et après juste comme la femme allait fermer la porte du garage Pètros est arrivé à entrer et il voulait à tout prix rester là. Il ne voulait rien faire ne voulait embêter personne. Il voulait juste qu'on le laisse passer la nuit là dehors dans le jardin pour regarder la maison le gazon et ce sapin bizarre qui semblait fait de glace. Il ne voulait rien d'autre.

Mais la femme et la maison étaient à un juge, un procureur ou quelque chose comme ça.

C'est l'avocat qui nous a appris tout ça – Pètros n'a même pas téléphoné.

*

À l'angle des avenues Yeoryìou et Antistàseos je suis arrêté par les feux. Le vent est coupant une brume jaune et glacée monte du port et voile les lumières des lampadaires et de la rue. Les taches sur le trottoir sont plus nombreuses maintenant, comme laissées non par un homme mais par une armée d'hommes ensanglantés.

Le feu passe au rouge et je traverse en regardant l'asphalte.

Il criait quelque chose à propos de pingouins, a dit l'avocat. Ils ont eu un mal fou à le faire tenir tranquille.

Un fauve. Il a même déchiré la chemise d'un flic. Complètement ivre.

*

À la maison je mets dans un sac un pyjama des T-shirts des slips des chaussettes. Je mets dans un sachet tous les médicaments que je trouve. Je me verse à boire du raki pour me réchauffer – j'ai les mains gelées, mes jambes tremblent encore après la marche. Puis je fais quelque chose que je n'ai pas fait depuis des années. Je plonge à moitié dans le placard et je renifle. Petits on faisait ça souvent avec Pètros. L'hiver. La nuit on sortait dans le couloir on ouvrait le placard on rentrait dedans et on reniflait les vêtements – les nôtres, ceux du père, de la mère. Ceux de la mère sentaient plus fort. Marche sur du coton pour pas que le minou t'entende murmurait Pètros. Où il avait pêché ça je n'en sais rien. Marche sur du coton pour pas que le minou t'entende. Comme on rigolait et comme on reniflait ces nuits-là. Puis on retournait au lit et on avait encore l'odeur des vêtements dans la bouche et avec cette douceur dans la bouche on s'endormait dans les bras l'un de l'autre.

Mais maintenant c'est différent. Autre temps, autre maison, autres vêtements – même l'odeur dans le placard a disparu. Il me semble qu'aujourd'hui tout a perdu son odeur. Ou bien c'est moi qui ai perdu l'odorat, qui sait.

Les radiateurs sont fermés et le froid entre par la fenêtre de la cuisine. Je mets des mouchoirs en papier dans les fentes je les tasse. Puis je vois sur la table la boîte avec les clous.

Je me verse un autre raki puis j'ouvre la boîte je prends un clou et le mets dans ma bouche. C'est amer.

Décembre avec la pleine lune et les étoiles. Je me souviens que Pètros m'a dit un jour que dans le temps quelque part, au Pérou je pense ou au Mexique, ils croyaient que les hommes étaient nés des étoiles. Mais bien sûr les riches étaient nés d'une étoile d'or et les pauvres d'une étoile de bronze. C'est pour ça qu'ils ne pouvaient jamais être égaux. Parce qu'ils étaient nés dans des mondes différents.

C'est vraiment bizarre d'être pauvre.

Le vent souffle encore par les fentes. Je regarde les étoiles qui d'en bas ont l'air toutes pareilles – ni en or ni en bronze, toutes pareilles. Le clou me glace la bouche.

Là où il est cette nuit Pètros il aura froid.

(Traduit par Simone Taillefer)

Petit bout par petit bout ils me prennent tout

Les vagues tombaient sur le rivage comme des naufragés brisés, sans force, sans âme, l'une après l'autre, avec de courts gémissements, des petits soupirs, l'une après l'autre. Tôt dans l'après-midi la tempête s'était calmée et maintenant le soleil formait un énorme sablier de feu au-dessus des eaux tranquilles couvertes d'algues de branches de pommes de pin de bidons de sacs plastiques de débris de cageots – blancs et fins comme des arêtes de poissons mangés par d'autres poissons plus gros. Mais dans le fond au-delà du golfe les nuages étaient de nouveau rouges ils descendaient très bas au-dessus de la mer et grandissaient grandissaient bouchant de nouveau l'horizon.

Il était sept heures passées mais les machines tournaient encore – la rumeur venait du fond des entrailles de la montagne et troublait la sérénité du paysage. Expropriés.

Il a dit, tiens, là-bas, en lui montrant du doigt le sablier. Si j'avais une barque tu serais emmenée là où l'eau devient feu et tu les prendrais tous les deux dans tes mains, l'eau et le feu, tu les garderais tous les deux dans tes mains. Les deux ensemble. L'eau et le feu. Ce serait pas chouette ?

Nìki a chassé une mouche de son genou rejeté la tête en arrière et regardé ainsi à l'envers un nuage de poussière qui montait entre les pentes noircies de la montagne.

Elle a dit, tu n'as pas de barque. Tu n'as même pas une rame. Tu n'as rien.

Il n'a pas répondu. Expropriés. Il a gardé le bras en avant – poing fermé, index tendu – cherchant quelque chose d'héroïque à dire. Il s'est dit qu'il était un guerrier, chef de guerriers, qui montrait à ses compagnons le but d'une mission hasardeuse, un bastion de l'ennemi qu'il fallait prendre d'assaut à tout prix.

Sorry, a dit Nìki. Elle a ramené sa tête en avant a remué du doigt les glaçons dans son verre et avalé une grosse gorgée. Je ne voulais pas dire ça. Que tu n'as rien. Je ne voulais pas. Tu as la tchatche. Ça oui. Et de l'imagination. Vas-y je t'écoute. Ce serait quoi comme barque ? Une avec des rames ou des voiles ? Raconte je t'écoute. Ça fait combien de temps que tu ne m'as pas raconté d'histoires ? Vas-y. Vas-y.

*

Ils s'étaient assis sous le vieil olivier de la cour et buvaient du martini dans des gobelets en plastique. Ce matin-là leurs dernières affaires étaient parties avec le camion. Ils n'avaient gardé qu'une valise et le vieux matelas pour la dernière nuit. Expropriés. Ils vivaient depuis cinq ans dans cette maison. Cinq années pleines. C'était la meilleure maison où ils aient jamais vécu, une vraie maison, comme on n'en fait plus. Il n'y en avait pas d'autre comme ça, disait-on, dans tout Salamine. Vieille mais solide comme un château fort, avec des murs de pierre comme des remparts, des poutres, un toit de tuiles, de grandes pièces – fraîcheur l'été, chaleur l'hiver –, des cheminées, une cave et de grandes fenêtres donnant sur la mer. Autour de la maison un immense jardin, une vraie propriété avec des oliviers des orangers, avec des pins et des eucalyptus qui l'après-midi en été donnaient de l'ombre au muret de pierre et entre leurs ombres des lézards immobiles faisaient provision de soleil, des lézards verts petits et grands, aux yeux exorbités aux queues longues et fines.

Expropriés. On les expropriait. La nouvelle route allait passer par là menant vers le port de l'autre côté de l'île derrière la montagne. Expropriés. Le propriétaire avait accepté sans attendre. Il s'en fichait. On lui offrait beaucoup d'argent et c'était un étranger, émigré en Belgique ou en Allemagne, il n'avait pas mis les pieds sur l'île depuis des années.

Expropriés.

*

La nuit les gens du coin venaient prendre les pierres du muret. Ils venaient en pick-up ou en camionnette avec des outils descellaient les pierres et les chargeaient tranquillement dans leur benne. C'étaient de belles pierres, de larges dalles intactes taillées à la main, on avait plaisir à les voir à les toucher. La première nuit il leur avait crié contre. Charognards, criait-il. Charognards, vous n'avez pas honte ? Y a des gens qui habitent encore ici foutez le camp. Allez charognards. Du vent. Du vent. Il criait il jurait une fois ils ont même failli en venir aux mains. Puis il en a eu marre de crier de jurer de se battre. Quelle importance ? Aujourd'hui ou demain, qu'est-ce que ça change ? Ce qui doit se faire se fera.

Il ne faut pas gaspiller nos forces, qu'il a dit à Nìki. Il faut se réserver pour demain et ce qui nous attend là-bas. Question de stratégie tu comprends.

*

Ils partaient pour Kyustendil en Bulgarie. Un ami d'une connaissance à eux avait ouvert un hôtel là-bas et cherchait du personnel, n'ayant pas confiance dans les gens du coin. Il voulait des personnes de confiance, sans attaches et qui avaient envie de bosser. La paye était bonne. Enfin, bonne pour la Bulgarie. Ils avaient beaucoup réfléchi, discuté, et pour finir avaient dit d'accord. En fait c'est lui qui insistait, il voulait partir. C'est l'occasion, disait-il à Nìki. Tu vois où on en est ici. Y a pas d'avenir. C'est fini on est finis. Dans le temps on bossait pour une bouchée de pain maintenant on bosse pour des miettes. La Bulgarie la Bulgarie j'ai pas de complexes avec ça. Et puis on dit que c'est bien là-haut. La nature les montagnes les forêts les rivières. Y a des sources thermales. Et des cerises. On dit qu'ils ont là-bas les meilleures cerises du monde. Je te jure. Ils ont des cascades aussi. Ici on ne peut même plus boire l'eau du robinet. Cinquante euros par mois qu'on dépense en bouteilles d'eau. C'est fini. Y a pas d'avenir ici.

Moi je dis qu'il faut y aller. Là-bas ça ne peut pas être pire.

*

Il ne lui a rien dit. Il a baissé le bras jeté des glaçons dans son verre l'a rempli à ras bord et regardé le sablier qui rapetissait sans cesse et se perdait dans le bleu terne des eaux. Il n'était pas un guerrier. Le guerrier se bat pour des choses qu'il a et ne veut pas perdre ou pour des choses qu'il n'a pas et veut acquérir. Le guerrier n'abandonne pas le champ de bataille pour devenir employé. Employé dans un hôtel. Réception valises pourboire. Ouelcom tankiou goudmornig. Employé dans un hôtel. À Kyustendil. En Bulgarie. Station thermale. La plus connue en Bulgarie.

Nìki a fermé les yeux rejeté les bras en arrière s'est étirée sur son fauteuil puis elle est restée immobile comme un lézard au soleil qui fait provision de soleil pour réchauffer son sang trop froid. À la lumière du soleil ses aisselles luisaient blanches douces lisses. Il a relevé ses lunettes sur son front et l'a regardée longuement. Il voulait lui lécher les aisselles. Il voulait lécher la sueur de ses aisselles qui sentait la pomme et le sel. Il voulait avaler l'air entre eux et le supprimer, supprimer l'air qui les séparait, la distance qui les séparait, tout ce qui les séparait.

En juin il avait tué un lézard. Un dimanche à midi, sous la canicule, il était assis dans la cour comme ce jour-là et buvait. Il ramassait des cailloux et les jetait aux lézards qui étaient revenus sur le muret prendre le soleil. Il jetait des cailloux aux lézards juste pour passer le temps. Sans y penser. Sans penser aux cailloux ni aux lézards. Il était dans ses rêves. Il rêvait qu'il avait gagné de l'argent beaucoup d'argent qu'ils avaient laissé tomber le boulot acheté cette maison et un bateau tout neuf pointu à l'avant avec un moteur costaud et qu'ils passaient leurs journées sur la mer – ils pêchaient poussaient jusqu'aux autres îles nageaient s'allongeaient à l'avant au crépuscule mangeaient d'énormes salades de fruits glacées – pastèque melon ananas bananes – léchaient le sel sur le corps de l'autre et regardaient enlacés le soleil rouge s'effacer au couchant et les lumières qui s'allumaient légèrement tremblantes sur le rivage des îles et sur les bateaux ancrés au large – ils regardaient les étoiles qui s'allumaient au ciel et les étoiles étaient si nombreuses et si lointaines qu'en les regardant longtemps sans parler quelque chose en eux leur faisait mal. Voilà quels étaient ses rêves, des songes d'une après-midi d'été pourrait-on dire. Puis sans y penser il a ramassé un gros caillou l'a lancé sur le muret et le caillou a touché un lézard. Il a sauté sur ses pieds, s'est approché, a regardé. Un petit lézard vert à longue queue, pareil à tous les autres. Immobile sur la pierre rugueuse du muret, une marque rouge entre les yeux, là où la pierre l'avait atteint. Il l'a poussé avec un bout de bois, a soufflé dessus, lui a parlé. Rien. Il avait tué un lézard. C'était si simple, si rapide.

Il a regardé autour de lui, n'a vu personne, rien n'avait changé, tout était comme avant, tout comme avant, les arbres le muret la verdure les fleurs la maison et dans la maison Nìki lisant ou dormant et plus loin la mer les barques les bateaux les ordures les îles les gens le monde. Rien n'avait changé.

Si simple, si rapide.

Il est retourné à son fauteuil en titubant, s'est rassis, a rempli son verre, a regardé ses mains qui tremblaient un peu.

Si simple, si rapide.

Si simple, si rapide comme Dieu sans doute quand il tue des humains par erreur en jetant des petits cailloux sur le monde, distraitement, absorbé par ses rêves à lui.

*

Il a dit, ils m'ont donné une carte bancaire.

Il a remis ses lunettes et regardé le sablier au-dessus des eaux à moitié immergé qui n'avait plus du tout l'air d'un sablier.

Six mille euros et abonnement gratuit illimité. Illimité. Donc je vais t'acheter une barque, a-t-il dit. Rien d'extraordinaire mais elle nous sera utile. Et pour les mensualités, pas de problème. Bon, je ne suis pas si nul, je peux gérer une carte. D'accord ? Je trouverai un coin où la laisser et quand on reviendra l'été la nouvelle barque nous attendra. Et je vais me mettre à jouer à ces trucs, comment on appelle ça, loto ? joker ? Ils ont sûrement ça là-haut les jeux de hasard y en a partout. Tu vas voir. Je ne peux pas t'acheter les années passées mais je peux t'acheter une partie de demain. Tu vas voir. Du moment qu'on est ensemble et qu'on s'aime. L'amour et la fidélité portent bonheur. Tu vas voir.

Elle a ouvert les yeux lui a jeté un regard en coin puis a regardé son verre et sa bouteille posés à ses pieds. Elle a ri.

Tu disais ?

Rien.

Tu disais ?

Rien.

Pourtant tu as parlé.

*

La nuit les gens du coin venaient prendre les pierres du muret. Ils quittaient la route côtière montaient par le chemin de terre s'arrêtaient devant le muret et l'éclairaient de leurs phares pour voir ce qu'ils faisaient. Ils venaient en pick-up ou en camionnette avec des outils descellaient les pierres et les chargeaient sans se presser dans leur benne. C'étaient de belles pierres, de larges dalles intactes taillées à la main, on avait plaisir à les voir à les toucher. La première nuit il leur avait crié contre. Charognards, criait-il. Charognards, vous n'avez pas honte ? Y a des gens qui habitent encore ici foutez le camp. Allez charognards. Du vent. Du vent. Il criait il jurait une fois ils ont même failli en venir aux mains. Puis il en a eu marre de crier de jurer de se battre. Quelle importance ? Aujourd'hui ou demain, qu'est-ce que ça change ? Ce qui doit se faire se fera.

Il ne faut pas gaspiller nos forces, qu'il a dit à Nìki. Question de stratégie tu comprends.

*

Comme un maire chez les ploucs, a dit Nìki. Tu parles comme un maire chez les ploucs. Voilà ce que j'ai dit. Ou comme un pope. Les deux ensemble. L'amour porte bonheur, hein. OK, mon père, puisque vous le dites. Bon, passe-moi le martini.

Elle a coincé la bouteille entre ses cuisses nues a penché son verre l'a rempli à ras bord et a regardé par-dessus sa tête à lui le nuage de poussière qui s'élevait derrière la montagne. Expropriés. Ouvriers et machines travaillaient jour et nuit, éventraient la montagne, ouvraient la nouvelle route vers le port. Ces derniers temps la nuit assis sous l'olivier ils croyaient entendre encore l'écho du grondement des machines et croyaient voir la poussière rouge descendre sur les arbres, sur le muret, sur leur visage et leurs cheveux. Quand ils buvaient ou mangeaient ils croyaient sentir la poussière dans la nourriture ou la boisson ils sentaient la poussière dans leur bouche et leur gorge. La poussière. Ils mangeaient de la poussière buvaient de la poussière toussaient de la poussière suaient de la poussière.

Expropriés.

Ces derniers temps la nuit ils rêvaient. Ils rêvaient de Kyustendil – si on peut faire de tels rêves. Des rêves embrouillés, angoissés, avortés. De ceux où on veut toujours faire quelque chose, où on se bat pendant un temps qui semble infini pour réussir quelque chose, quelque chose d'important, de beau, quelque chose dont on sait dans le rêve que ça va changer notre vie pour toujours, mais on n'y arrive jamais. C'est ce genre de rêves qu'ils faisaient, des rêves avortés. Ils se réveillaient terrifiés, trempés de sueur, et chacun croyait entendre le cœur de l'autre battre plus fort encore que le sien.

Souvent il se réveillait en hurlant et Nìki se penchant sur lui caressait son front ses joues sa poitrine.

N'aie pas peur, disait-elle. Je suis là. N'aie pas peur.

Ils restaient éveillés longtemps écoutant sans rien dire les bruits de la nuit qui ne dormait pas. Les grillons et les cigales. Le bruissement des feuilles les soupirs de la mer et tous les bruits qui nous effraient la nuit. Le cric crac des poutres du toit, le grondement du frigo dans la cuisine, un robinet qui coule, on ne sait quoi qui se traîne par terre ou sur le mur. Ils écoutaient sans rien dire la nuit qui parlait autour d'eux et ils frissonnaient.

Au petit matin, longtemps plus tard, il lui a dit :

C'est ça l'amour. La même nuit à la même heure faire le même rêve que la personne qui dort à côté de toi. À qui le dire et qui le croira ? Nous sommes seuls au monde tous les deux. On s'aime jusque dans notre sommeil.

Elle l'a regardé dans le noir puis s'est tournée pour ne pas le voir.

Ce ne sont pas des rêves. C'est des cauchemars, voulait-elle dire, mais elle n'a rien dit.

*

Les glaçons avaient fondu. Il s'est levé pour aller chercher de l'eau dans le frigo. De l'eau en bouteille, un euro soixante les six. Cinquante euros par mois. Six cents euros par an. Depuis des mois ils ne buvaient plus l'eau du robinet qui avait la couleur de la rouille. Dans le couloir la bouteille lui est tombée des mains. Ses mains se remettaient à trembler. Il est passé devant le vieux matelas posé contre le mur et s'est assis dehors sur le ciment.

Il a dit, on pourrait sortir le matelas et dormir dans la cour ce soir. Pour notre dernier soir on dormirait dans la cour. Qu'est-ce que tu en penses ?

Nìki a haussé les épaules.

Elle a dit, fais comme tu veux. Moi ce soir je ne dormirai pas.

Le sablier avait disparu, la mer s'assombrissait, le vent s'est levé. Ils sont restés longtemps sous l'olivier à écouter les feuilles de l'olivier qui frissonnaient dans le vent. Les étoiles tremblotaient entre les branches de l'olivier et il les a longuement regardées sans rien dire s'efforçant de trouver à quoi elles ressemblaient trouver quelque chose d'héroïque, de romantique à dire sur les étoiles mais pour finir il a laissé tomber car ce n'étaient que des étoiles – des étoiles et rien d'autre.

*

Il a dit, je t'apporte un lainage ?

Chuckwalla.

Qu'est-ce que c'est ?

Du bulgare. Ça veut dire l'amour porte-bonheur. Chuckwalla. C'est pas joli ? Dis-le toi aussi. Chuckwalla.

Il l'a regardé bouche bée et Nìki a ri en frottant ses bras qui avaient la chair de poule.

Elle a dit, toute la journée je me suis creusé la tête. Quand on a chargé nos affaires dans le camion j'essayais déjà de me souvenir et là ça m'est enfin revenu. Chuckwalla. Tu avais raison finalement. L'alcool ouvre les pores de la mémoire. Ou ce n'est peut-être pas toi ? Enfin. Celui qui l'a dit a raison. Je veux chanter. Personne ne va chanter pour nous. Il n'y aura pas de chansons pour nous qui partons. Des chansons comme celles d'autrefois. Évidemment tu me diras que les choses ont changé depuis. Et là aussi tu auras raison. Parce que tu te souviens de ce que chantait l'autre ? *À la gare de Munich je suis seul quelle panique*. Maintenant qu'est-ce qu'il va dire ? À la gare de Kyustendil on a fait un mauvais deal ? Ça ne va pas tu comprends. Et ce n'est pas tout. Il y a une gare là-bas ? Les trains passent à Kyustendil ? Tu leur as demandé ? Tu n'as pas demandé. Voilà pourquoi je te dis que personne ne va chanter pour nous qui partons. Bon d'accord à un moment ils diront deux mots à la télé. C'est déjà ça. Ils diront sûrement deux mots sur nous à la télé. Sur nous qui partons. J'en suis sûre. Évidemment. C'est mieux que rien, non ? Verse-nous à boire. Je veux boire à la santé du progrès du développement et de l'expropriation. À la santé de l'Europe et de la libre circulation des personnes et des biens. Bravo, encore bravo !

Lui sur le ciment s'est relevé et s'est planté devant elle.

Il a dit, rentrons. Rentrons nous coucher, d'accord ? Il y a trop de vent pour dormir dehors. Viens. Lève-toi et rentrons. Lève-toi je te dis. On voyage demain.

Nìki ne le regardait pas. Elle regardait les nuages qui devenaient plus gros plus noirs et bouchaient de tous côtés l'horizon. Un éclair a déchiré le ciel. On aurait dit un arbre énorme déraciné.

Tu ne te souviens pas, a-t-elle dit.

De quoi ? Me souvenir de quoi ?

Chuckwalla. Le documentaire qu'on a vu. Avec les lézards. Tu ne te souviens pas. Au Mexique il y a des lézards qui dès qu'ils ont peur se glissent dans leur refuge et gonflent leurs poumons d'air au point qu'ils deviennent gros comme une balle et qu'on n'arrive plus à les sortir de là. Chuckwalla. Comme je les envie. Si seulement je pouvais faire la même chose. La chuckwalla de Salamine.

Il a avancé la main pour lui toucher l'épaule. Nìki a inspiré profondément gonflé ses joues les a maintenues gonflées jusqu'à ce que son visage soit rouge ses yeux humides que sa vue se brouille et que des petits points noirs voltigent devant ses yeux comme des insectes qui se pressent autour d'un cadavre.

Puis elle a relâché son souffle et laissé retomber son visage rouge sur sa poitrine.

Petit bout par petit bout ils me prennent tout, a-t-elle dit.

*

Tard dans la nuit elle a vu des lumières venant de la route côtière. Blottie dans le fauteuil elle tremblait de froid, mais sa veste était dans la valise et elle ne voulait pas rentrer la chercher, elle ne voulait pas le réveiller. Elle savait qu'il se réveillerait à un moment de la nuit. Elle l'entendrait sûrement de nouveau crier pendant cette dernière nuit, il serait sûrement réveillé par ce même rêve et crierait. Sûrement. Expropriés.

Le pick-up a tourné à gauche a monté péniblement le chemin de terre et s'est arrêté devant le portail du muret. La portière du conducteur s'est ouverte en même temps que celle du passager. Ils sont sortis ont jeté un coup d'œil dans la cour. Elle ne savait pas s'ils l'avaient vue dans le fauteuil – mais s'ils l'avaient vue ils ne l'ont pas montré. Ils ont pris quelque chose dans la benne puis se sont approchés du muret ont commencé à détacher des pierres du muret et à les charger dans la benne.

Elle s'est recroquevillée un peu plus dans le fauteuil a entouré ses jambes nues de ses bras et dans l'obscurité elle a vu sa peau se couvrir d'une foule de petites protubérances, d'une foule d'yeux aveugles. Expropriés.

Elle a vu les hommes s'agiter devant les phares allumés du véhicule. Ils détachaient une pierre du muret la transportaient dans la benne puis revenaient en détacher une autre. Ils travaillaient calmement, sans hâte, sans crainte. L'un d'eux a parlé ils ont ri le rire a retenti comme un écho entre les arbres et les ombres des arbres et Nìki a vu de nouveaux yeux, des yeux aveugles, apparaître sur sa peau.

Puis, quand ils sont partis, quand le véhicule a descendu le chemin de terre jusqu'à la grande route et disparu derrière un nuage de poussière rouge, Nìki a relevé la tête et vu toutes les étoiles du ciel sans en regarder aucune – les étoiles sont les yeux du ciel, quelle blague ça aussi, le ciel n'a pas d'yeux il est aveugle aveugle aveugle – et elle a tendu la main vers les étoiles, gardé longtemps la main tendue l'a baissée une fois fatiguée a baissé en même temps les yeux et regardé le muret, la terrible brèche qu'avaient laissée sur le muret les pierres détachées.

Petit bout par petit bout ils me prennent tout.

La fin du monde ?

Seize histoires ou peut-être une seule. Seize histoires qui toutes se déroulent dans les quartiers populaires du Pirée en ce début du nouveau siècle, le plus souvent à la mauvaise saison dans la pluie le vent le froid et même la neige, et s'il neige dans ces histoires plus souvent que d'habitude au Pirée, c'est sûrement une façon de dire que ces temps-ci la Grèce traverse un terrible hiver. Le beau temps lui-même dans ces histoires est excessif et inquiétant, quand il ne pleut pas trop il ne pleut pas assez, climat détraqué à l'image d'un pays lui-même détraqué.

Ces histoires tournent en rond obstinément dans les mêmes rues du Pirée. On n'en sort pas. Quand l'un des personnages s'échappe en direction d'une banlieue chic voisine, il se fait coffrer par la police. L'île de Salamine, où se situe la dernière histoire, se trouve juste en face du Pirée dont on voit le port et si les personnages quittent l'île c'est pour s'exiler à l'étranger – la seule issue.

Ces histoires ont des personnages qui se ressemblent, ouvriers ou petits bourgeois, parfois chômeurs, presque toujours fauchés voire endettés, humbles victimes cassées ou cabossées dans un pays lui-même saccagé par le néo-libéralisme international triomphant. Ces êtres souvent inadaptés, marginaux, excentriques, marqués d'un grain de folie, sont capables d'actes fous, de paroles folles – un peu comme les prophètes aux temps anciens, mais à ces prophètes d'aujourd'hui, plus d'une fois, la parole se dérobe.

Ces histoires nous plongent dans la crise grecque actuelle (alors même que beaucoup d'entre elles, prémonitoires, ont été écrites avant), mais au-delà de l'actualité elles creusent encore plus profond, du côté de ce scandale éternel par exemple – les pauvres écrasés par les riches.

Ces histoires sont hantées par la peur. Une peur aux visages multiples, aiguë ou diffuse, peur de l'avenir immédiat fermé mais aussi de l'avenir suivant ouvert au pire – le sentiment que la fin du monde est proche revient comme une obsession. L'*Apocalypse*, elle aussi, fut écrite en grec... À cette différence près que vingt siècles plus tard Dieu, brièvement aperçu au coin d'une page, se contrefout ici de nos malheurs.

Ces histoires si sombres devraient susciter en nous un cafard profond. On découvre peu à peu pourtant que leur nuit est sourdement éclairée.

Éclairée d'abord par l'amour. Malgré tous les affrontements parfois violents que ces histoires décrivent, l'amour y circule partout même s'il est plutôt sous-entendu qu'exprimé. Amour dans les couples même les plus boiteux. Amour filial aussi, entre père et fils, entre frères. La famille en Grèce, malgré les épreuves récentes ou peut-être à cause d'elles, continue de bien se porter. De porter le pays. Et l'amitié, très présente ici elle aussi, lui donne un sacré coup de main.

Et puis s'il y a dans ces histoires des gens qui se laissent couler, il en est d'autres aussi qui espèrent et se battent inlassablement. *Ça va aller, tu vas voir*. Titre qui peut exprimer aussi bien l'espoir qu'une ironie douloureuse et c'est bien ainsi. Cette ambiguïté sûrement voulue résume parfaitement le livre.

Enfin, la lumière qui émane de ces histoires si noires est celle qui rayonne de tout grand livre. Avant *Ça va aller, tu vas voir,* paru en 2010, Chrìstos Ikonòmou n'avait publié qu'un recueil de nouvelles, et pourtant cet opus 2 d'un homme encore jeune, puisque né en 1970, manifeste une maîtrise éclatante.

Ikonòmou a trouvé le juste regard. Un regard attentif dont la lucidité parfois cruelle n'empêche pas la tendresse aussi profonde que discrète. Un regard aigu qui sait voir la beauté ou du moins la richesse du monde. Qui sait s'émerveiller devant des actes aussi communs que l'épluchage d'une salade et transfigurer la scène la plus banale par une image fulgurante.

Ikonòmou a trouvé la juste façon de raconter, l'art de la surprise et du demi-mot, l'art de suggérer beaucoup en disant peu.

Ikonòmou a trouvé la juste voix. C'est l'un de ces écrivains qu'on reconnaît en quelques lignes. Il y a chez lui cette alternance de phrases parfois très brèves et souvent très longues, tantôt hachées de virgules, haletantes, épuisées, tantôt sans virgules comme dans une poussée de fièvre un déchaînement de douleur sans repos sans répit. Il y a ces mots ces phrases répétés comme si le narrateur n'avait pas beaucoup de vocabulaire et ne savait pas bien parler mais s'acharnait à dire et redire les malheurs où il est englué. On dit que ça va aller mais pour l'instant ça ne va pas ça n'avance pas, la phrase est piétinante, titubante comme la vie de ces gens-là ou peut-être insistante comme l'espoir, ou peut-être les mots n'ont pas assez de poids ou on les écoute si mal qu'il faut les répéter. Les répéter comme des coups de marteau ou plus souvent comme un massage lent et patient et doux. Les répéter comme dans la conversation quotidienne ou dans les poèmes ou dans les contes populaires dont ces histoires d'aujourd'hui sont parfois si proches ou dans la musique ou dans les anciens rituels. Ikonòmou, maître conteur, maître musicien, maître tout court, fait entendre dans ces histoires ultra-contemporaines une voix en même temps familière et solennelle, héritière des grandes œuvres du passé lointain de son pays, et dans ces pages touchées par la grâce, où la Grèce de tous les temps nous parle, ce pays blessé nous apparaît plus que jamais vivant.

M.V.

CATALOGUE LES NOMADES

Luc Blanvillain
Le Répondeur
Nos âmes seules

Pierre Barrault
L'aide à l'emploi

Cathie Barreau
Lettre de Natalia Gontcharova à Alexandre Pouchkine

Caroline Deyns
Trencadis

Anna Dubosc
Koumiko

Carine Fernandez
Je me brûle et me noie

Mihàlis Ganas
Quelques femmes

John Herdman
Imelda
La Confession

Chrìstos Ikonòmou
Le salut viendra de la mer

Gabriel Josipovici
Goldberg : Variations

Ionnà Karystiàni
La Petite Angleterre

Mènis Koumandarèas
Le Beau Capitaine

Jérôme Lafargue
L'Ami Butler

Mariette Navarro
Ultramarins

Rayas Richa
Les Jeunes Constellations – une croisade buissonnière

Mercedes Rosende
L'Autre Femme

Julien Syrac
La Halle

Pierre Terzian
Ça fait longtemps qu'on s'est jamais connu

Bruno Testa
L'Adoption

Laurence Werner David
Un autre dieu pour Violette

Gabrielle Wittkop
Hemlock